太平盛世

闻人悦阅／著

北京联合出版公司

图书在版编目（CIP）数据

太平盛世 / 闻人悦阅著. — 北京 : 北京联合出版公司，2011.5

ISBN 978-7-5502-0255-9

Ⅰ. ①太… Ⅱ. ①闻… Ⅲ. ①小说集－中国－当代 Ⅳ. ①I247

中国版本图书馆CIP数据核字（2011）第077236号

太平盛世

作　　者：闻人悦阅
选题策划：严小额
责任编辑：李　征
封面设计：樊　瑶
版式设计：王晓园

北京联合出版公司出版
（北京市朝阳区安华西里一区13号2层　100011）
小森印刷（北京）有限公司印刷　新华书店经销
字数：100 千字　150mm×220mm　1/16　13个印张
2011年5月第1版　2011年5月第1次印刷
ISBN 978-7-5502-0255-9
定价：28.80 元

送給

緻之，綺其

和

二零零一年九月並肩同行的人

剛好一個十年

目录·太平盛世

自序

这样的世代

闻人悦阅

我想这大概算是一个系列的成长笔记，孩子长成少年，少年离家远行，生活初露端倪，如流水一般继续前行。我久有写一些类似成长的故事的愿望，藉以送给我成长过程中一起走过某一段路的朋友们，希望他们从这里那里看到一点点成长的蛛丝马迹时，便会心笑一笑。关于过去的回忆，我用此刻的心情记录下来，变成一组虚构的故事，或许能在今后老去的过程中帮助我们准确地找到曾经敏感柔软的少年心事。

故事从《一九八〇年的蜜蜂和油菜地》开始。很多人觉得在二十世纪七十年代中后期出生的我们是幸运的，仿佛一切苦难和经验教训都已成书立传，今后只需借鉴，却不用亲身经历。所以我们最早的记忆与八十年代初的清新空气相关联。对于我来说是一大片望不到头的油菜地，金黄璀璨，以及蜂之热舞，在我的记忆里具有极清晰明朗的象征意义，常让我想到的时候，就觉得心中噼噼啪啪开出大片的花来。

稍后，我们的青春期成为一个目睹物质日益丰盈的过程，一切好像在迎接一个太平盛世的到来，一时之间眼花缭乱，那是缤纷的二十世纪九十年代后期。当然世界并非百分百太平，但我们身边有一方乐土，很幸运地将少年们包裹其中。与所有和平年代的少年一样，成长不是沉重的，烦恼不过学业、恋爱、友谊、春花秋月，或者如何摆出一个指点江山的姿势。于是有了《中学时代的爱情传说》《蝴蝶秀，似水流年》《告别萨斯堡》。

在这样的时代里，我们获得了远比上辈多得多的自由，然后把自由变成远行，横跨南北，由东到西，马不停蹄，在青春张扬时候，迫不及待地想到一个别的地方去，这应当是一种幸运。梦想在他方，远离故土，一定要走得更远，于是便有了《英伦日记》和《村的声》。

到《太平盛世》之中，恐怕有一点作为成人的觉悟。我们经历的到底是不是一个太平盛世呢？在世纪转折的时候，在事实面前，没有人可以回避这样的疑问。亲历 2001 年 9 月 11 日的沉重悲伤，看见文明的脆弱，是一种打击；看见灾难之后，人们想要重建太平，拥抱盛世的渴望，是一种醒悟。有时候，在我们毫无准备的时候，历史会重复自己的悲伤，那就是这漫长岁月中一次次人为的灾难。但是，有一点，是我们没法不做的，那就是穿过废墟走下去，即使装出坚强的样子。过去恐怕不是完全忘得了的吧，但是走下去是必须的。与任何时候的生活一样，还是有小快乐和小烦恼，爱情和友谊，加上一点岁月雕刻的成熟。即使曾经失望，也可以当做历练。

这样的一组故事，这样的一群少年，希望其中一些七情六欲不产生所谓地域的限制。如今的时代，文明的进步，信息的流通，应该已经让很多东西变成易于理解和沟通的了。

写给简体版 这依然脆弱而美丽的世界

闻人悦阅

这是一份青春备忘，记录了一些年轻的心情，因为不想忘记。重新看这些故事，像在微风里穿过。从《一九八零年的蜜蜂和油菜地》开始，少年成长，世界看似丰盈美丽，起初的各种各样的烦恼，即便在许多时日之后仍旧让人怅然若失，但也像翻飞的柳絮，不能够重于泰山。一路走，穿过各种心事，《中学时代的爱情传说》、《蝴蝶秀，似水流年》、《告别萨斯堡》、《英伦日记》、《村的声》，年轻的心事总是脆弱而美丽，如同这个世界。也许这个世界在某个时候曾经在我们面前呈现过一幅金碧辉煌的壮丽景象，但在那样的时刻，很难让人真的了解这其实只是一个美好的难达的愿望。写《太平盛世》是在二零零一年九月十一日之后，书中的一些人物在那件事之后的纽约重聚，回忆让心中的感觉暖起来，但是却也不能不意识到，与太平盛世，恐怕真的擦肩而过了，就像青春中的一些残酷的真实。我们举起手，挥挥手，生命中有过的，就在心上永远留一个印记。

一切都在改变之中 。不论什么时候，人们都这么说，而且仿佛都有充分的理由。二零零一年的九月之后，人们当然有更充分的理由相信这个世界将不会再相同。然后，又是一个十年。这段时间当中，变化在不断地来，各种新的产品都在宣称改变了世界，而金融危机来了，也没有真的变成所有一切的终结，所以曾经有过的伤痛渐渐变得相隔遥远，几乎让人觉得即便忘记了也没有什么。但这第十个年头却来之不易，仿佛有什么愤怒的力量对这个世界生了气，以致于要用一系列的灾难来付出代价。地震、海啸、核电站毁损带来的危机让人想起十年前大厦的倾塌。这就是我们的文明，原来那并不是坚不可摧的。十年前对太平盛世的怀疑，到十年后，仍旧是一样的怀疑。如同在夜晚，俯瞰灯火通明的城市，那样美丽，也那样令人担心。

这个世界没有变的更好，也没有更坏，依然脆弱而美丽，如同青春。青春在什么时候都是一样的吧。

太平盛世

我与小刚同年，比小薏大一岁，比起崇光来，则小一岁。我们都生于二十世纪七十年代中期。对于七十年代，我们其实全无印象，仅有的一些感想都来自于道听途说。在我们还没有懂事的时候，也就是七十年代末的那几年，中国的一切似乎还相当单纯，一切尘埃落定，风平浪静，大家都站在相同的起点上，仅仅是呼吸暴风雨后清洁的空气就可以让人觉得甜美而满足了。当然，也许不是这样的，但我们懂事以后吸收的知识似乎都越过了那段日子，着重于一些别的历史时刻。所以，我们对于没有经历过的那场六十年代开始的动乱，以及再前面一些三四十年代上海滩浮光掠影那类的事，反而更加了解。这样一来，我总觉得孩提时代极其遥远，那年代就像没有来过。我与崇光他们认识的时候正处于年龄的分界岭，之前，一切的记忆都笼统或者支离破碎；之后，所有的印象就变得鲜活了。那种感觉就像一夜之间长大了，当然只是长成了少年而已。成人是一件麻烦得多的事，要经过蜕变或者大的苦痛，绝不是一瞬间就可以轻松来临的。当然，那是要到后来才知道的。

我认识他们三人的时候，他们已经是好朋友了。我是插班生，很幸运地被安排坐在小薏旁边，由此认识了我整个少年时代最重要的朋友。可是人生有时候就像在盘山公路上行驶的车，一个大的转弯就把过去甩在了后面，我们没有保持相同的速度，或者根本就开到不同的山上去了。总之，到了后来，我们竟断了联系。

我们都没有一辈子留在同一个城市，许多与我们同龄的人也没有，大家都想到远方去，于是很多人去了国外，在一个小时候没有想到过的城市落脚，然后再搬去另一个城市，好似热闹而繁华的样子。在这样的搬迁中，有一些东西就无法避免地遗失了，这并不是很好的感觉。生命中某一部分出现过的重要的人，像从空气中消失了一样，与目前的生活怎么也扯不上关系了，只能留在记忆里。然而不知为什么，我也一直没有很起劲地要与他们恢复联络，尽管同时却非常想念。

我在纽约，而他们三人可能在任何一个城市，在中国，在欧洲，或者在北美。

就这样子，许多年过去了。

生命在无数琐碎的事中进行，当然也有大事发生，比如毕业，第一天工作，升职，恋爱，分手，旅行，都是一些个人的大事，与社会的正常运作没有什么大的关系。也有的时候觉得生命好像没有真正的开始，但又说不清有什么具体的期盼。这样的时刻就像走到了雾里去，每天的日子没有什么具体的分界，印象反而不如少年时代留下的记忆鲜明。

二〇〇一年，纽约

在纽约的这段日子，倪裳成为我最好的朋友。我们在同一家投资银行上班，都是在二十世纪九十年代末经济最好的那几年进这家公司的，当时抱着穿漂亮的套装狠狠地干一场的理想，与大批踌躇满志大学刚毕业的青年一起，摩拳擦掌，大踏步地走了进来。工作一段时间以后，就发现少年的日子过去了就回不来了，生活也与想象的有点差距，三四年就那么过去了。

因为经济太好，华尔街的一些大公司都免除了穿套装的规定，那是为了看齐行业新贵，那些网络公司的自由气氛。不用穿制服一样的套装了，其实那时候套装对于我们来说已经失去了原有的魅力，倒不如商业休闲装舒服，但工作还是一样铺天盖地，几乎占据我们所有的时间。到经济逐渐低落时，网络公司也成了泡沫，工作却没有轻松起来。

而生活，乍一看，似乎无可挑剔，当然也说不上十分的满意。公司制度就是这样，一旦开始，上了轨道，就如一列呼呼前进的火车，无法跳下来，大概是害怕跳下来的后果，重重跌一跤倒还是其次，主要是再做什么样的选择。周围也许另有看上去不错的火车开过，但是不一定跳得上去。所以抱着先在这辆不坏的车上坐着再看看的想法，一犹豫，转眼已在千里之外了。

倪裳比我晚几个月上班。那天午后，在电梯里，两三个不认识的秘书在闲聊，她们说，又来了个中国女孩子，真是可爱，穿着漂亮的套装，看上去只有十多岁似的。娃娃脸，已经是管理科的硕士，据说还很犀利的，控制不住好奇，问她的年纪，已经二十六了。但不管怎么说，真的是可爱。乍一看，这么漂亮的一个小女孩子，哪里像是来上班的，幸好穿了那么正式的套装，到底是东方人，不显年龄……电梯门开了，她们就一哄地走了出去。当时，我想，那是她第一天上班吧，还穿着套装呢。

当天看见她，远远瞥见一眼，就知道她是她们所说的那个女孩子。我们不在同一个部门，算起来，她在职位上略高我一级，但我们还是通过某种机会逐渐熟了起来，过了一阵就成为亲密的朋友。不全因为我们都是中国人的缘故，在华尔街上班的中国人多得一塌糊涂，不见得都谈得来，所以，只能用缘分解释吧。

我们都习惯早起，经常在公司一起吃早餐，在要加班的晚上，那样的晚上通常很多，一起叫外卖来吃。周末也见面，吃饭，或者看演出，交换购物的心得，花很多工资在物质上，也一起旅行，对我们来说，背背包旅行的时代已经过去了，开始贪图住与行的舒适，换句话说就是把努力赚得的工资努力地花出去。这样的生活，也许有的人会羡慕，也有很多人会觉得无聊而空虚吧。但年轻的人，特别在经济上扬的时期，对于未来想得大概都不会太多吧，如果要有什么改变的话，明天再开始打算，也还来得及。

我们走得那么近，也与碰巧都没有男朋友有些关系。因为是女孩子，总会谈到这个话题，哪怕是擦边而过。虽然我不太喜欢分享这方面的故事，也感觉到她也不太想提。但好像是某种默契或者仪式，作为好朋友，好像有必要让对方知道一些这方面的想法。总之，在这特定的时期里，我与她好像都提不起爱一个人的兴致来，再说，这也不是想就能实现的事。同时，对于男孩子，我们都没有设定特别的目标或者条件，纯粹处在一种暂时无所谓的状态。而且工作真的很忙，标准常常是要做到百分之二百那么好。我想，我们两人至少起到了互相安慰的作用，在这样的世界上，身边没有几个你知道会关心自己的人，还真的是很要命的事。

倪裳是这样的一个人，有一些不太引人注意的习惯，她自己也不讳言，都是这几年才形成的，但与她这个人相得益彰，好像变成了标签一样的东西，与生俱来的一样。比如喜欢英国的时装，会在夏天去英国看表演，也了解伦敦大减价的时节；在布明黛百货公司买生活用品及家具；喜欢看话剧、小型的现代舞表演；周末喜欢在格林威治村或者乔贝卡区的小餐馆吃饭，餐馆虽小，往往美味，且经常看得到名人；习惯运动，做瑜伽，冬天滑雪。我受她的影响，兴趣也有些改变，她有着很显著的能引导别人喜好的能力。我们认识一批兴趣相像的人，大多是专业人士，玩玩闹闹，日子仿佛就会这样过下去了，轻巧的，风平浪静的。然后，有一天，我们又会恋爱，天空添一点玫瑰色，大约不会是天崩地裂那种。世界好像就会这样进行似的，没有任何意外地踏步前进。我们都是那么普通的人，在普通的每一天里过着随心所欲的太平日子。

有一次，我想起了二十世纪七十年代末的中国，发现一种惊人的相似，一种很单纯的气氛弥漫在我生活着的这个城市里。我把这个想法告诉倪裳。倪裳说，我比你略大，对七十年代尚有记忆，你的印象是不对的，或者你根本没有印象。那时候，怎么说呢，的确是有快乐的，但是还是有创伤吧。比如我们家，当然，那只是我们家而已，或许没有我们家那种经历的人会像你说的那样，无忧无虑。但是，总的来说，你的印象是不对的。

我看着她的眼睛，想看出一些关于创伤的痕迹来，但那双眼睛平静美丽，充满安详，找不到像她严肃的口气那样的东西。倪裳将面前酒杯里的盛徘俐格诺矿泉水慢慢喝尽，将酒杯慢慢放下，做出就说到这里、不要再说下去了的神态来。我失去了一个询问她家庭历史的机会。然后，她叫服务生过来，微笑地与他商量叫什么甜点。我只叫了一杯茶，突然失去了吃甜点的胃口。原来眼睛看见的，或者心灵感受到的东西有时候会欺骗人，虽然是甜美的小骗局。就像倪裳，她的心深处，隐藏着谁也看不见的碰了会疼痛的什么东西，时间久了，变得只有一点点大了，但毕竟她心里应该不是表面看到的那样单纯而宁静吧。

后来，倪裳用总结性的口吻说，一切都会过去。所以没有什么。你的感觉也许并没有错。不管什么样的悲伤都会消失，这本身就是这样单纯简单的。她似乎想安慰我。谁也没有想到她的这句话竟然可以在不久的将来，用来对一件大事作类似的总结。这真是谁也没有想到的。

那天，我们吃饭的餐馆叫做多瑙河，是乔贝卡区有名的欧洲餐馆，可以说是日日客满，充满太平盛世旖旎风光的一个地方，后来也因为那件大事无法营业达几个月那么久。那件事是第二天发生的。

整件事现在想起来还是觉得不可思议。不论以什么角度看，那都是历史性的事件，会被当成人类历史上的灾难记到史书里去，身临其境，几乎可以成为一辈子的话题。但后来，说了几次，我就再也不愿意重复，那样的细节和受伤的感觉，情愿它在记忆里沉睡死去了才好。

这件事对于我个人的影响，算是比较微不足道的，只是制造了一些不方便，比如有两三个星期无法回家，要住旅馆，因为公寓在灾区附近，停水停电；有几天无法上班，公司遭受严重损失，整个华尔街亦如此，继而就担心被裁员的可能；然后就要考虑搬家的必要等等。另外最大的意外则是与崇光的重逢。竟然与崇光在这样的一个日子相遇，简直是一件带着黑色幽默的事，叫我笑不出来，但这总算是那天发生的唯一的一件好事。

那一天，如果说有什么后怕的话，就是对于死亡的恐惧，真的是这样，不知道生命会不会就这样随随便便地被拿去了。两幢一百多层高的楼，刹时间就灰飞烟灭，不见了，包括里面的人，都化成了灰，浓密厚重地飞在华尔街空气中的烟幕。不错，那两幢世贸大楼被恐怖分子袭击，用飞机撞出了两个燃烧的大洞来，那时候，我与倪裳站在公司三十多层办公室的窗户前都看见了，但是与大多数人一样，直到看见两座高楼像松掉的蛋糕，无声地垮下来的前一刻，都没有作任何大楼会倒塌的心理准备。也许一切太快，没有办法作出合理的判断，而大楼倒塌时候的声音一定也是巨大的，但不知是人声鼎沸的缘故，还是心理上根本拒绝对这样的声音作出反应，一点也没有听到。

我与倪裳刚吃完早餐，疏散的时候，我们自然而然地走在一起。在浓烟里，看不见彼此地行走，周围默默走着成千上万披着灰尘的人，也不知道这样的事是怎么发生的，也不知道有没有更坏的事会来，就是这个时候感觉到死亡的，仿佛很轻率就会发生似的，倒也不怕，只是觉得那是一种可能，如果来了，就躲不过去的一种可能。也来不及想生命会不会有遗憾这样的事，反而觉得这仿佛是电影里的场面，绝对有些超现实的味道。

倪裳一直走在我旁边，一直沉默，后来，走出金融区的时候，她说，应该穿平跟鞋的。这句话，把我心中少许的恐惧赶走，我们已经走出了烟雾区。她在第一个能买到鞋子的地方买了一双球鞋，那是在中国城附近的一个小摊。她将那双巴利高跟鞋脱下来，却忘记带走，永远留在了一个记不清方位的小街角上了。那双球鞋只要三块钱，真是不可思议的便宜。

就是在这样的一天里，崇光的出现简直带着某种象征意义。

遇见崇光的时候，我与倪裳在东村的一家日本小餐馆歇下来，打算吃了中饭再看怎么办。这简直是乱了套的一天，餐馆里的收音机被打到最高音量，尖声报道着华尔街那边的动态，还有华盛顿也出事了，那是根本没有头绪的报道，纯粹说着发生了的事实，以及猜测，没有可以安定人心的作定论性的讲话，布什还没有发表讲话稿，我们小声猜测他发生了什么事，为什么没有反应。不知道是不是有什么困难，真是叫人着急，他毕竟是刚上任不久的总统啊。外边街上络绎不绝的是从华尔街走来的人群。因为华尔街在曼哈顿最南端，过去就是海了，出了这样的事，大家就只有往北走，或者从下城的几座桥走到布鲁克林去。

我与倪裳与其说对曼哈顿有莫名其妙的坚定信心，不如说是因为从没有去过布鲁克林，不认识那边的路，不知道过去了要走到哪里去。总之选择往北走变成了唯一的选择。崇光就是在这样的人群里出现的。我隔着餐馆的落地玻璃窗认出他来。没错，就是他。连我自己也很惊讶竟然一眼就把他认了出来。也许那正是一直在我记忆很深的地方反复出现的脸容吧，总之，一看就知道是他没有错，但一时我简直不知道应该有什么样的反应。

倪裳看出我的失态，试图在我视线的方向寻找什么，问我，怎么了，看到什么了。

我说，是一个熟人。

倪裳在这种时候总是很有决断，她说，那就把他叫过来。是谁？

她就是那么说的，把他叫过来，好像这是已经计划好了的一次会面，万事俱备、只欠东风那样的自然。崇光已经走过去了，我慌慌张张地站起来，推开餐馆的门，玻璃门反射出太阳的光，倏忽地自空气中划过，用肉眼几乎看不见的速度在他的背影上掠过，跑得无影无踪。我正要张口，那个背影忽然转过身来，我想那是纯粹无意识的转身，通常人们说的第六感觉之类的感应，他转过脸来，最初还目无焦点地在人群中看，然后，就看见了我。那片刻我有些担心，怕他认不出自己来，也有些庆幸，因为那样就不用大声地叫喊打招呼了。我想，应该微笑吧，可是怎么也不能把那个笑容很好地挂到脸上，大概是一副尴尬的样子。崇光就在那个时候，走近来，说，是谷荔吧？

我想，谢天谢地，我们还能够认出彼此来。他没有同伴，正一个人，漫无目的地往北走，所以就很自然地加入到我们中间来。

倪裳与崇光就这样认识了。那是一次不一般的相识。

在我替他们介绍的时候，即使是在那样紧张焦躁的空气里，我依旧感觉到有一些事在他们之间发生了。他们握手，互相注视的时候，我仿佛听到“咔嚓”的一声，是某两个零件刚好吻合，天衣无缝地相接发出的那种声音。我在心中，小小地“啊”了一声，好像有个小声音在说，怎么会是这样的。但是，那“咔嚓”的一声已经发生，好像一切都已经铸好了一样。我想，难道就这样了。就是在那个时候，我忽然有一种巨大的失望，几乎让我怀疑自己是不是在喜欢着崇光，疑惑那是从很久以前就开始了的，还是就是这一刻因为小小的不甘心而发生的。

可是这些想法好像都没有什么道理，毕竟这是七八年来，我与崇光的第一次相逢，能认出彼此来，这本身就是个奇迹了。崇光在一家保险公司任职。我没有想到过他也会在纽约。

时间像一个精密的仪器，把一些事件依序排列，产生惊人的效果，有一些是刚刚好使人惊喜，另有一些则相当的不妙，它自己却嘎吱嘎吱地兀自转动下去。纽约便由于某些地方出了这样那样的差错，陷入这城市历史上空前的一片混乱。所谓的事情的真相反而让人有更多想不通的地方，比如说为什么那么多架飞机会被同时劫持，为什么没有被发现，那样的飞机是怎么撞进楼里去的，最后，当然是怎么会有这样的人做出这样的事来，简直是失心疯了。这些问题本来远远超过了太平盛世中的普通人的想象范围，但仅仅在一天之内，就变成了生活的一部分。

但怎么说呢，人总有惊人的适应能力，严格地说这个混乱的城市算不上慌乱，我们都生存了下来。用生存这个词，不算严重吧。毕竟这一天关系到许多人的生死存亡，有的人就这样自这个世界永远地消失了。

时间缓缓过去，倪裳与崇光的爱情静静地来临，那个时候，世贸大厦的废墟仍旧在燃烧，空气里顺风飘来的仍旧是一股浓烈的焦味。大批大批的人去献血，结果发现现场竟找不到生还的人。百老汇歌剧院空了，有几家小型制作的歌舞剧团因为连续几天没有收入就破产了。华尔街被迫疏散，纽约股市竟歇了下来。文明是这样的脆弱，这真是无可奈何的事。伤心弥漫在空气当中，好像心空了一个大洞那样的伤心，而且彷徨。

大家都在等待正常的日子再次来临吧，这时候，我第一次发现原来爱情本身是有生命的，在空气中发出“扑哧扑哧”的呼吸声，会像花一样缓缓绽放，像烟火一样升起复升起，然后就把两个人点燃，那是一束小小的火苗，摇曳着，发出光芒，似乎会相当持久的样子。但是，那不是我的爱情。我在一边看得目瞪口呆。所有这些，我的惊讶，他们的爱，都是在心里默默地进行着，从表面上看，我们三个人并没有什么不一样，看不出内心的恐惧或者欢喜来。个人的小悲喜在那样的时候是这样地找不到适当的方式表露，只好不提了。但是，我们都心照不宣，那，的确已经发生了。

公司恢复营业的第一天，倪裳来找我。办公室里闹哄哄的，有很多同事是那天以后就失去联系，没有见过面的，就花了相当长的时间互相问好，然后重提这几天的经历，这是人之常情。其实，前一天，我跟倪裳还在一起吃饭的，并且那几天里纽约略好一些又正常营业的餐馆往往爆满，全没有好像应该出现的萧条气氛。倪裳欲言又止的样子就让人觉得她有什么重要的话要说。但说出来了，听在旁人耳里也不过是一句普通的话，她问，你与崇光在很久以前就是好朋友吧。

我说，没错啊。但就是这样而已。

倪裳就愉快地笑出来，说，这就好了。那笑容迷人的程度好像春天里的花突然一起绽放了，蝴蝶、蜜蜂到处暖洋洋地乱飞。我费力地想象着那样的画面，以致不知道自己后面与倪裳说了些什么话。

这简单的问答后来让我费了点神才想清楚。

倪裳恋爱了。但同时，她也不希望失去我这个朋友。我心里有一些抓不到头绪的东西在脑子里乱飞，因为要开始工作了，就暂时放弃要弄清楚的想法，只是想，那大概是件容易的事吧，如果说一切，包括我，都是为了成全他们的相识，也是说得通的。只是，有一种极孤单的感觉忽然劈头盖脸地袭来，我有些不知所措。那种世界上只剩下一个人了的孤零零的感觉，有些熟悉，好像在哪里出现过一样。

崇光自那样遥远的地方来，在我身边出现，只有整整一分钟的时间就走到另一个人的身边去了。在那整整一分钟的时间里，我一定是想起了某种关于宿命之类的东西，并有种耀眼炫目的感觉，天地好像要倒转来一样，所以就产生了一分钟的错觉，以为一切一定有一些预示。但是也没有错啊，只不过我的角色略略不同了。

平心而论，崇光的确是个有魅力的男孩子。过去是，现在也是。我不得不承认这一点。

一九九一年，杭州

我是十年前离开杭州的。印象中的杭州停留在十年前，被一刀切断，没有了衔接。印象中的小薏、崇光、小刚也停留在那时候的年纪。

小时候教科书里说，杭州是一个国际闻名的旅游城市，然后就引用那句著名的“上有天堂，下有苏杭”。所以我们一直以一个国际知名城市的身份自居。后来才发现，在国外以知道杭州的人数来说这个定义绝对说不上正确，但以到过杭州的人的印象来说，就马马虎虎可以过关了，“上有天堂，下有苏杭”这句话还是没有错的。

杭州是这样的一座城市，有一个沉淀了很多历史的美丽的湖，三面绕着山，另一面就是城市了。地理位置，大体上就是这样。历史上总结出所谓的西湖十景，后来发现实在不足以囊括所有的景点，就又总结出新西湖十景。其实，要再总结出二三十个景点来也不是问题。每个地方差不多都有文人墨客留下的诗词文章，描述景色醉人人又自迷的境界。实际上，也就是这样的，杭州有典型的江南的美景，不是个商业城市，但又有一些工业基础，像丝绸、工艺之类的，也有很多大学。记忆中的那个城市，往往便精简成一湖、一城、几座山那么简单，水彩画一般在纸上湮开，看上去，好像很具备让人健康成长的纯洁空气。

回望过去，我可以看到在林荫大道上吧嗒吧嗒走过的少年，蔷薇花开满天的季节里，骑着单车在花丛间的小路上穿过，也有烦恼，但与惨白少年这种词倒挂不上钩。八十年代刚刚过去，也把某种铿锵的气氛带走了。我们的城市本身也开始经历一些巨变，政治的空气像被稀释了一样，经济发展一类的词逐渐被所有的人挂在嘴边了。就我们那时的年纪来说，对于这些大的变化并没有左右的作用，也未必与它们有因果关系，我们只是碰巧撞在了这样的时候，经历了这些变化而已。

我们四个人的友情从小学到中学，一直被完好地保存着。在中学时，即使被分到了不同的班级也没有受到影响。在八十年代末的政治气候里，我们自然也有过相当于社会责任那样非常激烈的讨论，后来这样的话题不知道在什么时候变得不再那么有力了。进入高中以后，对于自己的身体和思想变得感觉敏锐，有些惶惶然的、孤独的感觉像会膨胀，有朋友诉说的话就会好一点。总之，有一种说不清楚的对我们自己生活之外世界的渴望在蠢蠢地动。

有空的时候，我们去小刚家看新出的电影，他总有本事弄到最新电影的录像带，大多不是本地的制作，有带字幕的原版片，也看香港的电影。那时候，大多数孩子很迷英雄片，大概是被其中某种义气一类的东西吸引，当然还有帅哥美女。

小刚有一个哥哥，在本地的一所大学念二年级，平时住在家里，是个十分沉郁不开心的人。我们在愉快地交谈的时候，常常有这样的一个人，自这个房间无声无息地走到另一个房间，微偻着肩膀。我们听到他的声音回头时，通常只看见他的背影，散发出一种很倔犟的孤独，好像不打算与这个世界面对面一样，好像也从来没有听到过他与我们交谈。他走过身旁，就像有一声叹息在身边飘过去一样。

我对这个人印象深刻是因为小刚与他形成鲜明的对比，小刚很外向，通常给人阳光普照的感觉，幽默而且快乐。他的哥哥则是第一个我碰见的把所有的失意都穿在身上的人，至于为什么这样，对于我们来说，那仿佛是另一个世界的事，非常无关紧要。

在那种年纪，真正关心的事还是围绕着自己，比如学校的功课，十年后的自己会变成什么样子，还有就是爱情。小薏和我都收到过男孩子递过来的字条。爱情是与空气同时存在着的，好莱坞的老电影，得了格莱美奖的英文歌曲，港台的流行音乐，电影和电视全部诉说着爱恋，说得人耳熟能详。比起现在的孩子，我们那一代还是比较腼腆，女孩子对爱情也都有一种顽强不妥协的憧憬，我与小薏也不能例外。很多的人只是把爱意和好感藏在心里。

当然也有男孩女孩开始约会，因为没有蔚然成风，学校并没有明显地干涉，这在重点中学来说，与其说是开明，不如解释成学校一时也不知道要怎样应对比较合适；而到了后来，既然也没有变成洪水猛兽一类让人头痛的事，学校大概觉得也没有管的必要了。叶灵就是这些女孩子中的一个。她与我们同级，漂亮而且成熟，天生会吸引别人的目光，招惹话题，据说她有很多社会上的男朋友。社会对于那时大多数的同学来说，还是遥不可及的一个词语。站在学校的众多女生中，她有时候会稍微让人觉得格格不入，因为她身上已经有一种可以称作风情的东西了，像夏季的带着温度的暖风，薰薰然地散开来，是根本没有可能遮掩的。

小薏不止一次问我，你觉得叶灵怎么样。

什么怎么样？

你不觉得她很有女人味吗？然后她就因为说了“女人味”这个词而咕咕地笑，就像一个小丫头一样。

唔，蛮漂亮的啊。

你说，小刚、崇光他们会觉得怎么样？

什么怎么样？

就是觉得这类型的女孩子呀。

我怎么知道，你自己问啊。

我不问。她又是咕咕地笑，你说他们有没有给女孩子写过情书？

真的不知道。

你说，如果他们写信给我们会不会很怪。

他们给我们写信？不会吧。

我想也不会。小薏居然叹了口气，像叶灵这样的女生不知道开不开心。

小薏说这样的话只有一个可能，她心中一定有心仪的人了。我不知道她为什么不说出来。

我与叶灵第一次交谈却是在校外。她在街上叫住我。那是假期，她穿着一身黑，还戴着墨镜，摘掉眼镜，就看出她化了妆，化妆的技巧很高明，没有换了一个人的感觉。我与小薏也玩着化过妆，结果把脸弄得一团糟，所以心中有些佩服。她很熟络地叫我的名字，问我去哪里，然后说顺路，一起走吧。

我们不同班，却有相同的数学老师，于是就开始讲数学课的事，班上的笑话啦，老师哪一天发火了之类的，哪句相同的话他在两个班上不断重复什么的。她甚至讲到期末考试。与她聊这样的话题简直不可思议，渐渐明白她是迁就我，我是所谓功课不错的那类学生，她大概觉得这样的话题能够比较容易地让我们热络起来。

说了一会儿，她就问，怎么没跟你那三个小朋友在一起。

我随口说，他们有事呢。

她已经把墨镜戴了回去，看上去仿佛很严肃地正视着前面，她说，真是羡慕你们四个孩子，那么要好。

你也有朋友啊。

有是有，但是有一些就渐渐地不来往了。他们说你们小学的时候就认识的。我小时候的朋友都不知道哪里去了。对了，你和那个女孩了，叫钟小薏对吧，你们喜欢崇光跟小刚吗？有没有？叶灵说着突然就咯咯笑了起来。

我觉得不自在，不知道要说什么，简直有些气恼，她修长的身影走在边上，越发觉得自己像她话里少不更事的孩子，有点呆呆的。叶灵突然收敛了笑，低声说，对不起。我这个人就是这样，老爱开玩笑，老得罪人。你别介意。其实，喜欢就是喜欢，没什么不好意思的。很快你们就知道了。没有什么事是大不了，不能说的。难怪，卓强说你们还是孩子。

卓强？

就是小刚，卓刚的哥哥啊。你不知道吗？他说你们常去他们家玩呢。

是他。就是那个怪阴沉的人。从来不说话的。

叶灵又咯咯笑起来，引得路人侧目。这家伙，还装深沉呢。回头取笑他去。其实，他跟我说了挺多你们的事呢。

她看我一脸莫名其妙的样子，就说，算了，告诉你吧，他是我男朋友。

啊？小刚的哥哥？

我们在一起挺久了，两三年了。也难怪你说他阴沉，他心情不好，大学没有考好嘛，其实有什么重要的，这是什么要紧的事。

说到后来，她的声音突然变小，听不见了，就像开关被啪地关掉了，我有一种世界变得很寂静的感觉。

我踢到一粒小石子，扑地吓了自己一跳，这样不发一言地走下去，不管怎么说好像都不是办法，于是我搜肠刮肚地要找出一句话来，结果问她，你们怎么认识的？

都两年多了吧。她嘴角轻轻地弯上去，如果摘掉墨镜，眼睛里也应该含着笑。她说，那时候，他们几个孩子在一板一眼地唱《国际歌》。

我回忆，问，那时候，他不是已经高三？怎么还算是孩子？

叶灵自顾自说，那时，我不在你们学校。我是后来转学过来的。我看到他，在许多人中间，他很认真地唱着歌，充满信仰，样子特别帅。那时是五月，七月高考，他没有考好。本来他一直想去外地的学校，结果却留了下来，极度的意外，就像信仰崩溃一样，就是这样子，居然都两年了。

我们真的一点也不知道——小刚也不知道。

叶灵扑哧笑出来，你们啊，都是小孩子，哪里懂这些。她又把我们叫做孩子，口气里有点优越的成分，但又似乎有些无奈，带着点沧桑，好像电影里那些伤感的女主角。我瞅了她一眼，她对我一笑，是给人很寂寞的感觉的那种笑容，在她嘴角像一滴浅色的墨，无意落在宣纸上，渗开去，怎么看都是画坏的一笔。

她说，怎么办啊，没办法，爱他嘛。

这是第一次有人亲口与我谈到爱，而且不是纸上谈兵，是切切实实存在的那种爱。她很真挚地将爱说出来，我觉得有些荡气回肠，比起我与小薏平时的谈话来，这好像是一个新境界的事，好像不是那个时候的我可以了解的。但我还是点了点头。

说到这里的时候，我已经被她强烈地吸引，这就是所谓的魅力吧，让人不由自主地将距离缩短。我觉得自己仿佛进入到她的故事里，渴望知道其中的全部，如果自己有什么事，也会和盘托出。

我问她，怎么转到我们学校来了。

是我父母的意思。他们觉得原来那个学校的气氛不适合学习，所以觉得换个环境比较好。也有些关于男孩子的事吧。咳，不提了。其实，也没什么，纯粹是啰唆。

那你们到底都做了什么。

也没什么，偶尔逃了几堂课，走到外面去，就像你明明知道一个大时代要来了，怎么可能还乖乖地坐在教室里？但父母不觉得那是对社会有责任心的做法。咦？你们呢？你们这些小孩子都干什么了？

她与我们同岁，仍旧口口声声小孩小孩的，倒没让我生气，老老实实地说：我们倒是在课堂里听老师讲课。但私下里，对各种身边发生的大事当然也讨论得很厉害，好像一定要站到某一个阵营里才好。

她看我一眼，说得那么一本正经，逗你呢。

我就笑了。

过得真快。转眼两年了。那时，才初二吧。你说，过去的事大家会不会很快就忘掉了。

既然发生过就不会一笔勾销吧。

可是老挂在心里也……也怪痛苦的吧。她下结论似的说。

我们刚好走到望湖宾馆附近，一辆大巴士停下来，鱼贯下来一群外国老先生、老太太。一个导游模样的人，急匆匆走进宾馆，又挥着小旗子走出来，一副汗流满面焦灼的样子；游客们带着照相机，很悠闲地将镜头左对，右对，朝街上看，莫名其妙地对着行人挥手，做出很有异国风情的姿势来。叶灵说，看，游客也回来了。上一年还担心旅游的人减少呢。现在呢，一切又都好了。

我要去的地方是外文书店，快到了。她向我告别，临走时，忽然将手往来处一指，说，望湖宾馆里边商店的东西不错的。我有外汇券，要买什么，告诉我，我帮你兑换去。

这明显又是那种属于我与小薏生活圈子以外的某种另一个境界的东西，我自然没有什么需要在涉外宾馆的商场买，但也知道外汇券在当时算是紧俏物资，有些进口商品还非得凭那个买才行。总之，她这个人让我既觉得惊奇，又有点佩服。我知道她想与我交朋友，不知道是什么原因，但我的确对她有相当的好感了，于是就急着想把她的事告诉我另外的朋友。

小刚激烈的反应让我相当吃惊。他发脾气的时候，小薏正说，真的吗？难道他们说的社会上的男朋友就是小刚的哥哥？小刚，你怎么都不知道？

我正沉浸在世界真小、真奇妙那样的感叹里，冷不丁醒来，看见小刚拂袖而去，不知道发生了什么事。崇光倒没有走，但一脸灰色，问我，是真的吗？

我点头。小薏不解地问，小刚怎么了？崇光，你没事吧？脸色很不好哦。

崇光说不要紧，他想一想说要看看小刚去，就走了出去，留下我跟小薏面面相觑。小薏一脸很紧张的样子。我们本来坐在教室里，是午休时间，只有我们四个人，现在只剩下我们两人。小薏很不放心地站起来张望，忽然朝门边“啊”了一声，我回头看见叶灵笑嘻嘻地站在那里，不知道是特意来找我，还是路过打个招呼，我正要开口，却听见小薏哼了一声，站起来，自她身边冲了出去，虽然一句话也没有说，但谁都看得出是藐视的态度。

看得出叶灵有些愕然，我追到门边，看见小薏在楼梯拐角的地方一滑，差点跌倒，回头狠狠盯了我一眼，等了几秒钟，就冲了下去，接着听到砰的重物落地的声音。我一急，只歉意地看了叶灵一眼，就往楼梯的方向跑过去，并没有看见小薏摔倒，只听见噔噔往下跑的脚步声。可是我的脚步却收不住了，只得跟着下去，回头只瞥见叶灵一个人孤单单站在那里，脸上的表情来不及看清了。

结果，我到了楼下，也没有看到他们三个人的影子。那是秋季学期刚开始的时候，蝉声不断，嘶啦嘶啦的，远远听见学校的那扇铁门被推开来，午休时间结束了，回家吃饭的学生开始陆续回校。天气还是很热，我走到树荫下，抬头看教学楼，看我们那一层的教室，叶灵大概也走到其他地方去了。

那个下午，我没有上好课，在历史课上用课本盖着做数学和物理的家庭作业，好在放学后去找崇光他们。历史老师非常好脾气，不论谁回答问题，都说好，如果错了，他就加一个“可是”作为转折，自己说出标准答案来。历史这类课，除非真的感兴趣，大凡都是到了考试前才抱佛脚，很多人都在做自己的事。坐在我后面的人推推我，问，课间时候，小刚在到处找叶灵，为什么？我老实地说不知道。

放学时候，我很意外地又找不到他们三个人，只好回家。在路上，我突然想起我们三个人初相识时候的事。我刚转学到他们那个小学，体育课做游戏，要围成一圈，我们那一组的一个女孩子不愿跟我牵手，说，怎么又是个新来的。我正呆立尴尬着，小薏在另外一组招手，叫，谷荔，谷荔，这边来。崇光和小刚也帮着叫，造成很大的声势，立刻形成这是很受欢迎的人的印象，对于初到陌生地方的孩子来说，这好像是蛮重要的，所以我一直记在心里。这些回忆固然美好，那天这回忆本身却像回光返照一样给我很不安的感觉。

我的预感得到了验证，那是相当不好的预感和验证。对于不明所以的人来说，那只是个插曲吧，好像看一场热闹的戏一样，在我们学校的学生中间流传了一阵，添了一些闲谈的资料，可是对于我们来说，却是一个伤疤。事情发生得很突然，也很快。课间的时候，小刚与叶灵在走道里迎面相遇，已经擦肩而过，小刚忽然回头，叫叶灵站住，然后就骂出了很难听的话。我到的时候，站在人群外面，听到有人交头接耳，有人窃窃地笑，重复小刚说的话。

他说叶灵害了他哥哥。

说她不检点啦。

他哥哥，跟他哥哥有什么关系？

不知道。你有没有听到他骂她是狐狸精。

谁，谁，谁是狐狸精？

叶灵嘛。就是五班的那个女孩子。

他哥哥？还不就是三中的那个因为闹学运，没考上好大学的那位？跟叶灵有什么关系？人家都大学生了。

这你就不知道了。

是哪个女孩，让我看看。

他骂人骂得也太阴损了。

几年级的？才高一？那么早就交男朋友？

早是不早了，交那么多就不应该了。你没听那男孩说的？

他管什么闲事？

这个你就不懂了，我看是他自己喜欢上人家了。

校园平静的生活里发生这样的事，会造成轰动的效应。我心中充满惊讶，不相信自己间接地惹出这许多事情来。不知什么时候，小薏就站在我身后，涨红了脸，问我，怎么了？怎么会这样？崇光呢？

我们挤进去的时候，发现崇光早已在里面了，正拉着小刚，劝说着。叶灵则站着，没有什么表情，也不分辩，偶尔用手将头发掠到耳朵后面。崇光只差用手去扪住小刚的嘴了。小刚蓦地拨开他的手，叫道，你护着她干什么，还不是你也喜欢她！我不要看你这种人！让开！虚伪！

小刚说完这句话，就甩开崇光的手，自人群中让出来的一条路走了出去。

小薏抓着我的胳膊，低低地说，什么，怎么可能？然后呆呆地看着崇光，崇光在看叶灵，叶灵意味深长地回望过去，崇光突然看见小薏，神色一变，小薏却像被虫子叮了一口一样，一缩身，自我身边跑了开去，我怀疑看见了她眼睛里亮晶晶的，像有泪一样，满脸通红。

叶灵谁也没有理，转身走了。我心中有种很冰凉的感觉。

上课铃很适时地响了。我与崇光互相看一眼，就各自回到教室去。这铃声好像把时光分成两段，我们把某种可以互相沟通的能力留在了时光的那一边。

我一直觉得叶灵那一天的姿态是美丽的，但是我们也失去了做朋友的机会。

那一天发生的事使我们很严重地受伤了。我们就像放弃了一样，将彼此回避了。为什么这样，我自己也觉得不可思议。其中只有一件我了解的事，那就是小薏一直喜欢崇光吧。但到了后来，好像那也不再重要了。我们谁也没有理谁。

不久之后，我们全家移民，离开杭州。我在美国继续高中的课程。

新的生活好像开始了。我们就断了联系。

我并没有变成不快乐的人，也开始恋爱。关于爱情，有时候会想起叶灵来，想起她说的，没有办法，爱他嘛！

可是，一直也没有碰到如此简单的爱情。生活有时候像捉迷藏一样，可是我也没有特别的不快乐，光阴似箭，数年已经过去。

二〇〇一年，纽约

九月以后，我的生活忽然热闹起来。很多以前的朋友与我联络，想方设法确定我还平安地活着，也有朋友托我打听朋友的朋友是否安好的讯息。我们依旧在纽约，还没有要离开的打算。像是经历了一场生与死的洗礼，生活的外衣可以被一层层剥离，只留下一个简单的核心，就是依然活着这个事实，让人心平气和，没有什么再值得计较。

身边的一些事，仿佛超越现实，好像在电影里才会出现，但确确实实是真实的。比如国民自卫队在城市里驻扎；哈德逊河上有巡逻的军舰；街上贴着失踪的人的照片，但谁都知道他们已经遇难；有人哭泣；有人带着鲜花来；许多人排队献血，排队做义工；排队在广场地上摊开的横幅上写下自己的愿望，有各种文字的关于和平的祈祷。我在超级市场的货架边上站了比较长的一段时间，就有个老人，也是顾客，担心地走过来问，有事么，小姐，有什么我可以帮助你的么？我说，没有，我很好。总之，周围变得有些不一样，这个本来每个人都在各司其事的城市忽然一下子充满亲切，人们没有表现出愤怒来。可是我们都知道战争正在远方进行着，确确实实会流血，有死亡的那种战争。真是不明白这个世界上有些恨是怎么生成的，但它们的的确确存在，真是没有办法的一件事。

在这个时候，我收到了小薏的电子邮件。我看见邮箱中她的名字的时候，几乎可以听到自己怦怦的心跳。她说：

荔子，从朋友的朋友那里知道你没有事，也从他那里得到你的邮箱地址。真是很多年过去了。不知道你有没有其他人的消息。我目前在北京工作。小刚在英国，在伦敦念商业管理，暑假的时候回来过，他变了很多。崇光应该在美国吧，还没有联系上。你好不好呢。这么多年了，不知道时间是怎么过去的。纽约那边怎么样，还是有些担心，这里报纸上的消息看上去好像不太好。给我写信！告诉我你的电话，我家的电话是（010）64453759。

——小薏

我打电话过去，却没有人接，只好先在电脑前回了信。那是晚上九点左右，小薏那边是早晨，她恐怕上班去了。我突然分外想念杭州。站在窗边上看了一会儿夜景，街上黄色的计程车来来去去；有人举了一束鲜红的玫瑰自街对面的小杂货店出来，在一个拐角消失了；有两个人互相追逐着过了马路；一个老太太手里的袋子掉在地上；一个孩子牵着一条大狗走过，他的父亲跟在后面。看了许久，我还是想念杭州，非常心平气和地感觉到了寂寞，就想到了些往事。这是那几个星期中我第一次比较全面地想私人的事，比如小时候的杭州，与崇光的重逢，最近的那一次没有结尾的恋爱，我的缺点，别人的错误，我的情绪反而意外地松弛了下来。这时，我才意识到这几个星期我的神经一直紧绷着，思维方面一直集中在世贸大厦、受惊的人群、漫天烟雾、恐怖主义、重建城市之类的话题上，到了这个时候生活才像是要回到过去的轨道里去，又有了伤花悲月那类的闲心，居然有种奢侈的感觉。

倪裳与崇光正约会着，她不是那种会像小鸟一样雀跃的女孩子，但是好情绪还是很明显。逐渐身边的人都知道了他们在交往。有一次，她告诉我，想起来，还真的要出一身冷汗，那天，差一点点，生命会失去，也差一点点，不会遇见崇光。我想，可不是吗？这样的事大概就是缘分了。听媒体的报道，城市里这些口了决定结婚的人数比往日大大地增加了，这不管怎么说都是好事。公司有人开倪裳的玩笑，说他们什么时候会有喜讯，但话说出来，听上去倒更像是祝福。倪裳就是这样子，身上有一种不适合被开玩笑的气质，让人会觉得算了，拿她寻开心好像不太对一样。

崇光听我说起小薏的来信，没有任何意外的表示，外表平静得让人有些诧异，好像那是理所当然会发生的一样，也好像根本与他不相干。其实，自相遇以后，我们一直没有聊起过去的事。那仿佛不太正常，通常多年同学相遇应该会挥舞着手臂，唧唧喳喳说个没完，诸如王小宝以前怎样，现在又在干什么之类的。这样一想，我就忍不住问他，崇光，你没有把中学的事都忘记吧。他说，谷荔，你是高二的时候离开的吧。有些事你并不了解，有些事并不像你想象的那样子。

什么，你说什么事？我并没有说我了解了什么呀。

崇光皱了皱眉头，很意外的神情，但立刻说，那都是过去的事了，不提也罢。

我想这个家伙到底在说什么啊，我一点也不明白。但是正如他说的，过去的事没有追究的必要了，我也没有强烈的刨根问底的兴趣。

我说，像你跟倪裳这样真的很好，水到渠成，不费什么力气，就像大局已定，很让人羡慕。

崇光看着我，点头，嘴角翘上去，是一个笑，不知为什么那个笑看上去伤痕累累的。我想，这是怎么回事呢。崇光说，过去的事，我不想提了，对倪裳，你也不用说起了，好不好。他那认真并且严厉的样子让我只好点头，虽然并不明白他指的是什么，应该不会是愉快的事吧，虽然我的回忆中并没有什么了不起的事值得这样耿耿于怀。我想，我们还是生疏了，以前的那种感觉再也回不来了，人生进入到另一个新的阶段，在这个阶段里，我们有了新的生活的重心，即使友情没有如我们所愿，也没有带来大的失望。真是无可奈何。

小薏在我生命中又重新出现。她的出现像春天雨后冒出来的笋尖尖，毛茸茸的充满亲切的味道。电话铃声一大早就响起来，我迷迷糊糊地摸起电话，另一端就是小薏，于是我就醒了。看看床边的钟，只有六点，离我正常起床的时间还有一个半小时。小薏说，是谷荔吗？是我啊。把你吵醒了？我是小薏啊。她的声音好像真的是跋山涉水才传过来的，夹杂着些杂音，但没错，就是她的声音。

她说，看了你的信了。你好吧？你们那儿怎么样了？

我没事，你不要担心。这儿挺好的，只要没别的什么事发生，就很快一切正常了。

真是的，发生这样的事。

不要紧了。你怎么样？

工作啊。在做外贸，就那样子。有时候挺好的，有时候也蛮烦蛮累的。一份工作而已。你呢？

在投资银行做事。也就是一份工作吧。

听上去不错啊。她语气忽地一转，变得有点紧张，说，我与小刚也是最近才碰见的，后来就一直用电子邮件联系。我刚告诉了他你们的事——你真的遇见崇光了？他怎么会在纽约？他看上去怎样？没有事吧？

是啊。就是在那天遇见的。真是再没有比这个更巧的事了。他还是能让人一眼认出来，从这点看，应该没有大的变化吧。

叶灵跟他在一起么？

我正逐渐通过谈话从睡梦里清醒，听到叶灵那个名字，就怀疑自己还在半梦半醒的状态里。我问，叶灵？这跟叶灵又有什么关系？

他们是一起出国的啊，并且一直在一起啊。

你怎么知道的？

小薏在电话的另一端沉默下来。我只好“喂喂”地叫起来，问，小薏你还在那边吗？

小薏的声音又回来，线路好像不太好，她说话的时候听上去飘飘浮浮的，她说有些事我也希望不知道，可是没有办法啊，就是很偶然地知道了，反而不如不知道比较好一些。

我急忙说，小薏，很多事不是你想的那样的。你怎么了？我没有看见崇光跟叶灵在一起。话说完，也意识到不知道自己想说什么，再说那也不过是我眼睛看见的现象，不能代表什么。于是又说，小薏，我不管你在想什么，不管真相是什么，你听我说，崇光现在正在跟我的一个朋友约会，是很严重的那种，你明白我的意思吗？我不知道他们会不会谈到婚嫁，但好像很有可能的。你知道，有时候，这种事是可以嗅得出味道来的。你明白吧？

荔子，我知道了，别担心，我没事，要有什么风吹草动也不会等到今天了。说实话吧，以前，还真的暗地里喜欢他的，也怀疑过他喜欢的是你，后来又有了叶灵，现在还是别人。也没什么，老早就知道我跟他不会有开始，也不会有结束了。这是蛮平常的事。有爱情是好的，没有的话，生活也还是过下去了。

小薏急匆匆地把话说完，然后在那一端轻轻地笑，说，看我，一上来就说了这些。大清早的。

对了，小刚怎么样？怎么会跑到伦敦去了？

想换一个环境吧，他说喜欢英国，下雨天，英国口音的英文，总之对他的胃口。

他喜欢那样的天气？真的想象不出小刚的样子了。记得他与叶灵吵起来的那次么？根本像换了一个人一样，不知道他会那样子，还挺可怕的。后来都不敢跟他说话了。

嗨，这些事，还不是都为了爱情。由爱生恨。

你说什么？

小刚是喜欢叶灵的。是你走了之后我们才知道的。可是人家不喜欢他，写了很多情书，可是没有用。这是没有办法的，你也看到了，事情变得一团糟，本来是那么简单的事。到他自己也觉得不对的时候，我们都已经毕业了，大家都散了。

小薏，我都糊涂了。

糊涂就糊涂吧，把它们忘了吧。小时候的事了，没什么好计较的了。真不该又扯起这些来。对了，什么时候回来玩，我带你在北京逛逛，蛮不错的。

也许小薏说的是对的。通完话，我起床，拉开窗帘，梳洗，吃简单的早餐，开电视看新闻，然后出门，在电梯里碰见要出去遛狗的邻居老太太，那狗的鼻子在我的鞋子上嗅了又嗅，街上有洒水车开过，小杂货店的老板正在整理外边货架上的一束束鲜花，有的人正像我一样去上班，有的人则戴着随身听在晨跑。这是相当具体的新的一天，一切看上去都像不错的样子。我知道过去像一幅拼图，在我脑子某个地方逐渐成形，但即使恢复成完整的图案，也不过是标本一样的东西了，只能凭吊，没有办法做出拥抱或更亲密的举动来。小时候，怎么会想到一切发展成现在的样子；如果知道会这样子，不知还会不会顽强地洒眼泪、闹脾气了。

纽约处于适婚年龄的单身人口在全美国来说，密度是最大的，这是许多报刊作过的统计。这么多年轻的男女在一个热闹的都市里穿插而过，有各种相互靠近的理由和机会，但是不知为什么，某种相斥的力量总是大于相吸的力量，人们通常在走近到某个距离就停下来，互相看，瞪着对方，有时手舞足蹈，做出各种动作来吸引对方的注意。可是到了最后，往往“砰”的一声两个人就互相弹开去，运气不好，还会升起一些爆炸过后才会有的烟雾，总之，要缩短最后的那段距离是相当困难的一件事，两个人就是没有办法走到一起来。真实的纽约其实是相当缺乏罗曼蒂克素材的一个城市，与众多以纽约为背景的电影相比，根本是两码事。

所以倪裳与崇光的这段奇遇就有点像童话了，所有知道的人都对这样的安排非常满意，用很多那么甜蜜啊、真是浪漫啦之类的形容词来发表感叹。公司里有个老秘书，将手扪在心口，说，真的？真的？简直像个童话。童话这个词，就是她最先用在他们那件事上的。有个女孩子却开玩笑地对我说，用中国的典故说，这就叫做倾城之恋了。张爱玲的小说，看过吧？只不过那个故事没有这么美好。她是中国人，出生在香港，在美国长大，会说广东话，一点点国语，由此可见她也是看中文书籍的。

我们这一代的人，即使没有看过张爱玲的书，也听到过她的名字。她的名字是在二十世纪九十年代初的时候又开始在中国大陆出现的。看见这样阴柔华丽的文字在当时是相当陶醉的，简直有开天辟地那样的喜悦，就一本一本想方设法找到了搬回家看，父母偶尔拿起那几本书翻一翻，便说，是她啊？语气就像千山万水又回转来了一样。毕竟她是二十世纪三十年代的作家，他们年轻时候也应该有所耳闻的，只是后来随着时代消失了，现在又顺应时代而生。至于《倾城之恋》那个故事，也是我与小薏花了一个下午击节赞赏的。那不算是个美好的童话，充满无奈。战争成全了故事里的那两个人，但是与其说是为了爱，倒不如说是委曲求全。因为那时候，我们的生活还没来得及变得不完美，所以对那样的境界有仰视和倾慕的态度，觉得无可奈何也有一种美丽的姿态。

我想，倪裳与崇光的只是一场普通的恋爱，这样比较好一点。

倪裳叫我陪她去参加一场婚礼。我说，不叫崇光跟你一块儿去？

她说，真的不巧，他刚好要在那个周末去一趟费城。她告诉我，本来，我也有点犹豫，要不要去。出了世贸的事，他们自己也担心婚礼不能如期举行，但谢天谢地，计划总算没有被打乱。我想还是去吧。这种时候，有这样喜庆的事挺好的。他们是我念商学院时候的同学。

这是一场典型的纽约婚礼，下午在教堂行礼，然后是鸡尾酒会，和正式的晚餐。教堂在中央公园边上，我们坐在礼堂里等新娘到来，过道的左边是新郎的朋友，过道的右边是新娘的朋友。我们坐在左边。做花童的小女孩子穿着小白纱裙子，背后系着一个雪白的大蝴蝶结，拎着花篮在过道里跑来跑去，被伴娘牵着手领到一边去了；穿着小黑礼服的小男孩子捧着结了戒指的雪白小枕头，一动也不敢动。椅子把手上结了玫瑰花，把空气变得甜濡濡的。坐在我们旁边的一对夫妇问我们是怎样与新郎认识的，他们说，他们是从西岸飞过来的，在机场足足排了三个小时的队啊！

新郎和伴郎自神坛和牧师的右侧走出来，新郎和新娘的父母落座，捧戒指的小男孩一本正经地走过去，然后是怯生生撒花的小女孩，将花瓣高高抛到空中去，又不太放心地看背后的伴娘，伴娘抬起手示意她再往前走，然后伴娘们鱼贯地走出来，走到神坛的左边去。新娘和她的父亲走出来的时候，音乐换成了《When a man loves a woman》。大家有些意外不是传统的结婚进行曲，可是立刻会心地笑了。大家起立，目光随着由门那边走过来的新娘，穿白纱的新娘总有一种毫不含糊的惊心动魄的魅力。有人低低地吹了一声口哨。我们旁边的老太太拉拉我的手臂说，天，多漂亮的新娘！是不是？我想，怎么不是呢。

我悄悄捅捅倪裳，低声说，很漂亮的婚礼！但她没有在听我说话，我看她一眼，她的目光正自神坛那边跳跃地回到新娘的身上，露出不太自然的神色，眼睫毛扑闪闪的。我狐疑地看前面，新娘的父亲正把新娘交到新郎的手上，新郎牵起她的手拾级而上，向牧师走去。等他们走过去，我看得见站在新郎旁边的那个伴郎了，他正向我们这边看着，目光正好就在倪裳的脸上。我侧过脸看倪裳，确定就是这样，没有错，他的视线就像粘在了倪裳这边，带有一种很强的韧性，好像如果强行拉开，就会发出刺啦啦的声音。当我又向那边看的时候，那个男孩子用我才觉察得到的细微眼神打个招呼，真是高明。我点点头，低声问，你们认识？

倪裳说，是的。

那是个耀眼的男孩，金发修剪得很整齐，身材修长，把一身笔挺的礼服穿得像常春藤名校的制服，看上去清洁而且帅气，下颌有棱有角，脸型还有些娃娃脸的痕迹，所以看上去除了有点酷，还有某种具有说服力的青春，那跟年纪没有关系，而是某种属于生命源泉的东西。

倪裳？

她转过脸来，浅浅一笑，轻轻说，我跟他交往过一段时间。过去。她的嘴抿成一条线，嘴角还是微微上扬，那是非常深沉而且优雅的一个笑容，好像有很多内涵，但是没有乌云。这时，牧师开始致辞，说，在这个城市还沉浸在忧伤里的时候，让我们迎接现在这欢乐的时刻。新人为我们带来希望和重生的勇气，因为爱可以治愈一切伤痕，使一切变得可以承担，能够相信，充满希望。我们能够在这一刻相聚一堂，是幸运的一件事……接下来，就是传统的婚礼程序，宣誓，交换戒指，牧师再致辞，新人成为法律意义上的夫妻，新郎揭开新娘的面纱，亲吻。

新人自神坛前走下来，伴郎与伴娘跟随。这次奏起来的是门德尔松的结婚进行曲，非常华丽如波浪一样的音乐，具有强劲的力量，就像美好生活的序曲。客人们窸窸窣窣地站起来，目送他们走出教堂，等音乐停下来，再走出去。老太太提醒我们，不要走开，大家要一起拍照。她说，我们结婚的时候也是十月初哦。好天气，树叶子都开始转黄了。我喜欢秋天的婚礼。

老先生更正，说，亲爱的，树叶还没黄呢。十月初，叶子还没有黄呢。

我知道，我知道，亲爱的，不要在两位小姐面前吵架。两位可爱的小姐，我们一会儿见，别忘了要拍照。

他们是新郎家的朋友，真是两个亲切的人。

教堂对面果然是一片青葱的公园，正像他们说的那样，树叶远远还没有到变黄的时候。一对新人无论如何都是引人注意的对象，行人来往，发出短短的惊呼，有的车子开过去的时候就按喇叭，那是下午四五点钟，阳光依旧很好，摄影师已经将照相机在三脚架上固定好，但是人群雀跃着，怎么看都还有一段时间才能让大家都在同一位置站好。我刚才看见的那个男孩自新郎的边上走过来，跟倪裳打招呼，他们互亲脸颊，倪裳介绍说，这是威尔。

威尔说，很完美的婚礼是不是？新娘真是美丽，不是吗？接下来的酒会和晚宴也不错的，相信我，我已经提前知道菜单了，一定会让人满意的。

一定花了很长时间准备吧。

当然，结婚嘛，一生一次的事。接着，他说，裳，我们很久没见面了吧？我还以为你今天不来了，一切都好？

倪裳点点头，他的眼睛对着她的眼睛。我想借故走开去，倪裳悄悄拉住我，问，米雪儿呢？怎么没看见她。

在那儿。他侧过身子，指着不远处一个穿紫衣服的女孩子。人们开始列队形，威尔说抱歉，一会儿再聊。

等他走开，倪裳抬起下巴，朝着那紫衣女孩的方向，告诉我，米雪儿是他的未婚妻，他们已经订婚了。谷荔，你不用避什么嫌疑的，我和他之间留下来的，都是过去的事了。走，我们拍照去。她拍拍我的手，朝人多的地方走过去。

一九九八年，北京

倪裳和威尔是这样认识的。

那是一九九八年的夏天，距离香港回归中国刚好一周年。倪裳一九九七年开始念商学院，一九九八年的暑假她从波士顿回到北京，在麦肯锡咨询公司实习。倪裳小时候生活在上海，从来没有去过北方，也没有看见过长城。她小学还没有毕业就去了美国，所以对上海也没有具体的印象。若说有什么值得回忆的事，就是除夕时候，在城隍庙出售的兔子灯笼，火红色的兔子形状的灯笼。但是她的母亲告诉她，兔子灯笼是元宵节的事，而且那是白色的。这就是倪裳对她的家乡的印象，另外的就是从父母那里听来的家族历史。所以对于她来说，去中国工作一个暑假是相当有必要的事。她觉得这样的经历可以拉近她与家乡的距离。

一九九八年的北京，城市的高速公路已经修建起来，呈环状，围绕着这城市的旧城和新区，一圈一圈，自城中心向城郊扩大延伸，那时候一共有三环，这样的工程还在继续营建当中。与世界上任何一个大城市一样，北京有相当严重的交通堵塞这样的问题。北京的新机场还没有建好，所以倪裳所乘的飞机降落的地方是停机坪，然后由大巴士将他们载到出口去。机场有穿着绿色军装的地勤，倪裳站在大巴士里，看着他们搬运货物，启动运行李的小车，三三两两地走在一起，她吃不准他们是不是军人，后来别人告诉她，那些都是武警。大巴士很快将停机坪甩在后面，那些飞机的轮廓也消失在暮色里。当时，倪裳有很强烈的回到中国的感觉，那些穿绿衣服的武警让她不由自主地想起“红色中国”这类的词来，就像好莱坞电影里的镜头，带着一些不太真实的异国情调。那是黄昏，所以一切像梦境。等她在这个城市安顿下来，才发现自己的第一印象并不那么准确，一九九八年的北京对于她那样的过客来说没有那么强烈的政治气候，她意识到自己对于家乡实际上缺乏了解。

从机场进入市区的出租车里，司机播放着那英和王菲合唱的《相约九八》：

打开心灵 / 剥去春的羞涩 / 舞步飞旋 / 踏破冬的沉默 / 融融的暖意带着深情的问候 / 绵绵细雨沐浴那昨天昨天激动的时刻 / 你用温暖的目光 / 迎接我从昨天带来的欢乐 / 来吧 / 来吧 / 来吧 / 相约九八 / 来吧 / 来吧 / 相约一九九八 / 相约在银色的月光下 / 相约在温暖的情意中 / 来吧 / 来吧 / 相约九八 / 来吧 / 来吧 / 相

约那永远的青春年华／心相约／心相约／相约一年又一年／无论咫尺天涯／歌声悠悠／穿透春的绿色／披上新装／当明天到来的时刻／悄悄无语聆听那轻柔的呼吸／那么快让我们拥抱拥抱……

倪裳断断续续地抓住歌声里的几个句子，那旋律让她觉得灵魂的深处喷发出一些东西来，于是她好像明白了歌词的大意。她问司机，这是谁唱的？

司机说，王菲和那英，是两个天后。

天后？

司机说，小姐，你不是本地人吧。是从美国来的？刚才那班飞机是从哪里来的？旧金山？还是底特律？

倪裳说，王菲和那英？我知道她们的。然后像忘了司机的问题，靠在椅背上，看着外面的景色不再说话。当然，她不是美国的土生儿，对于中国的事并不像人们以为的那样一点儿也不了解。

高速公路上奔驰着各种各样的车子，日本车、欧洲车、美国车，出租车大多是红色的。公路外边有高层的公寓，玻璃的办公大楼，街道上有骑单车的人。倪裳想，这跟所有的城市没有大的两样。

车子开到城市中心就慢了下来，在高架桥上一点点地挪动，就在这时候，倪裳看到了路边上的那幢城楼，非常巍峨的一幢城楼，站在周围的现代建筑物当中，有一种无可替代的独特美质，一看就是在历史中幸存下来的，顶天立地，让倪裳想起天地洪荒那样的词来。就是以那一刻为界线，倪裳感到自己回到了中国。她想，自己的中文还不错啊，居然能想起那样的形容词来。这时候，司机在前面告诉她，这是德胜门。原先周围的城墙没有拆的时候才壮观呢。

是吗？是什么时候拆的？

很久以前的事了！　五十年代的事儿，你还没出生呢，连我也没有呢。这真是翻天覆地的变化。

倪裳注意到司机说话声里的卷舌音，与她父母的南方口音迥然不同。

倪裳变本加厉地把关于中国的传统东西一股脑儿地兜起来，迫不及待地作各式各样的尝试，买了布鞋，做了旗袍，喝茶，听京戏，在大排档吃烤羊肉，找人开车去古北口看古长城，逛胡同，在别人的家门口张头张脑，看别人摇着蒲扇，就也买了一把。她想，在这样的时候，应该会遇见一个中国的男孩吧，在这个古都谈一场恋爱，肩并着肩坐在故宫里看日落。

当时，倪裳不知道在故宫无法看到真正的日升日落，而她那样热衷的这些活动也不是真正的本地人的兴趣所在，在那样的圈子里转来转去，遇见威尔简直是无法避免的。威尔也是暑假实习生，在一家美国律师事务所实习，还有一年就从法学院毕业了。他们俩所在的公司有业务上的来往，即使不是这样，所有这些美国公司的外派人员还是有很多相熟的机会的。

对于这次恋爱，倪裳一点准备也没有，等到发现的时候，她想这样暖洋洋的感觉真是不舍得拒绝，那么就一脚踏下去吧。本来，她一直很刻意地抗拒与异国男孩子交朋友，后来才意识到，很多事情是没有什么道理可讲的，思前想后各种假设都不及事实本身有说服力。反正他们的恋爱是在北京开始的，他们相遇在一九九八年，正像那首歌唱的一样，相约九八。

关于北京，倪裳有如下的记忆，这些记忆大多与威尔有关，真是不可思议。倪裳常常想，如果他们在美国，会不会有开始的机会？当然这样的问题并不重要了。

记忆一。

他们相识是在一场大雨里。几个人都没有带伞，从故宫的前门跑出来，就到了天安门广场上，广场上水茫茫一片，雨像牛筋一样劈头盖脸地浇下来，大家不停地抹脸，眼睛才睁得开。全身都湿透了，倒也没有人着急，回头看故宫的方向，建筑物都被埋在水幕后面了。那一段的长安街不能停车，他们在雨里走了段时间，走到小街上才叫到计程车，乱哄哄的他们两个被塞进同一辆车里，有人大声地叫，说他俩住的地方最近。话没说完，门就“砰”的一声被关上了，那个朋友像被夹了尾巴一样跳到另一辆车里去了。都已经被淋得透湿了，也不知道为什么怕多淋几滴雨。两个人相视，就哈哈地笑起来。

威尔自我介绍说，我是威尔，威尔·史密斯。

倪裳伸出手，说，倪裳。

威尔将手在身上擦了擦才伸出去握手，但两只手还是湿漉漉的。

司机回头问，赶上大雨了吧？淋了个透湿不是？这雨！有一阵儿没见这样的大雨了，雨刷都不管用了，倒叫两位赶上了。去哪儿？

威尔说，国贸公寓。

他是用中文说的。和倪裳果然住在同一个地方。

她问威尔，想不到你会讲中文。

一点点。

后来证明根本不是一点点那么简单。

倪裳打了个哆嗦，威尔问司机可不可以将暖气打开一点点。

司机说，这可要把我热死了。

威尔说，热不了你。一点点就行。

居然字正腔圆。他们便笑起来。

他们都穿着薄薄的T恤衫，倪裳下意识地往旁边挪一挪，双手抱在胸前。威尔仿佛欠身一笑，那样多礼却不着痕迹地将目光放到前方去。那是一辆小小的夏利车，雨刷果然像司机所说的那样工作得相当费力，前面的玻璃上都是水迹。

记忆二。

国贸附近集中了北京的白领阶层，是外企人员，或者说有强劲消费能力的那些人的活动场所，那时人们还没有广泛使用小资，即小布尔乔亚这类的词语，如果说国贸附近是比较大款的一个地方，应该是可以说得通的。这里是经济发展的产物，有强烈的现代气息，看不见骑单车的人。

与之相比，钟鼓楼一带的胡同区，是比较平民化的地方。这里有往家门口摆一把竹椅子，坐着与老邻居摆龙门阵的老人；有人在下象棋，并且有很多人围观；胡同里有许多人骑着单车来来去去，还有用来运货物的三轮车，一路丁铃铃的。有强烈的老北京的生活气息。据说北京的胡同正被大片大片地推倒，不知道最后幸存下来的会是哪些。

倪裳与威尔在胡同里兜来兜去，最后走到了前海一带，有一带流水，水上架了一座小石桥。他们埋着头研究小桥的名字，有个老人叼着烟斗走过来，叫他们站到桥上去，指着远处的天空叫他们看，问他们看见了什么，他们说看见了山。

老人说，那是西山。这一块儿，只有这一个位置看得见那座山。神奇吧，看这儿密密麻麻的房子，无论你站在哪里，视线都会被遮住，只有这儿，看得清清楚楚。这桥，叫做银锭桥，记住了。

然后，老人就叼着烟斗自桥的另一端走了下去。

已经到了黄昏，自桥上还看得见一轮淡淡的月亮。

那就像中国的水墨写意画一样。

记忆三。

离开北京之前，倪裳仍旧不确定短短的两个月当中她对于故乡的某种空白到底被填补了多少。对于各种玩乐的地方她几乎已经了如指掌，她想那是多么表面化的东西，但是凭她自己的力量，能看见的仿佛就只有这些了。

站在威尔的立场，他完全没有这方面的问题。在北京的每一天都是新的一天，有一些惊奇。他觉得自己越来越了解这个国家、这个城市。他自这个暑假得到对中国的全新的印象，全然没有缺憾。

倪裳是与威尔一起去看天安门广场的升旗仪式的。起了一个大早，那是清晨时分，军人将国旗升起来，国歌声也响起。有来自夏令营的小学生，穿着白衬衫、黑色的小裙子或者短裤，戴着一模一样的太阳帽子，系着红领巾，对着冉冉上升的国旗举起手，敬礼。有些小孩揉着眼睛，他们一定是起了个大早赶来的。

后来，威尔问，你小时候也是这样的吗？

你说像那些小孩子那样？

嗯，是这个意思。

是这样子的。戴红色的领巾，每天在学校有升旗的仪式，也要敬礼，就像那些小孩子一样，将手举过头顶。

像军事管理一样。

不，不像军事管理。不是那样子的。那时候，我们有很美好的时光的。

真的没有不好的回忆？

关于自己的没有，关于家里的有一些，但都是我出生以前的事了。

我只是一个普通的孩子，过着简单幸福的日子。就这样而已。

威尔笑了，说，我想也是的。

他笑起来，他是了解的，他说，其实我们都有一个幸福的童年。这算是一个结论吧。

倪裳说，是，也许，在那时候，我们的物质不如你们的丰富，不管怎么说，快乐的程度应该是一样的。

倪裳告诉她的父母她遇见了一个男孩子，跟他们讲威尔的情况。她的父母在电话的另一端有短暂的沉默，然后说，对于感情的事，他们做父母的不会干涉。

可是，他不是中国人。

我们知道，虽然父母有父母的期望，但是我们把你带到美国来，如果再在这方面干涉你的自由，未免说不过去了。

所以那时候，倪裳和威尔很认真地考虑过未来的事的，她说，他们之间除了吸引，还是有了解的，所以，后来发现他们之间不再可能进行下去的时候，有非常伤痛的感觉。

倪裳与威尔从认识到分手，整整有两年三个月，零三天。

倪裳没有细说他们分手的原因和经过。但是从表面上看，那应该是一次和平的分手，好像感情当中某些东西自然地死亡了，像蜡烛一样燃尽熄灭了。

倪裳说，是我们自己的原因，没有外来的阻力。真是无可奈何。

她说，一九九八年北京的夏天，有点热，那年是世界杯足球赛的年份，音像店里有球赛的主题曲被反复地播放，那是 Ricky Martin 唱的吧，大家都跟着他吼叫，Go！ Go！ Go！香港回归中国一周年，准确的日子是七月一日，后来发现《相约九八》那首歌就是为了这个节日写的。这就是她记得的那个夏天发生的大事，这两件事属于普天下的大众。属于她自己的大事，她埋在了心里。

她坚持那不是一场轰轰烈烈的恋爱，可是承认后来他们都受了伤，除此之外，生活如常。

我想，倪裳是一个坚强的人。从某种意义上说，我们都是坚强的人，因为除此之外别无他法，我们不能放弃生活啊。

二〇〇二年，纽约

二〇〇二年的纽约一切看上去还都不错。当然，美国的经济还是没有恢复过来，而对于华尔街来说，这是多事并且让人头痛的一年。可是对于普通的人来说，一切总有过去的一天吧。像去年那样的事也过去了啊，也变成了往事，我们是踏着死者的骨灰走过来的，情感上是这样，事实上也如此。如此看来，这个城市有很好的康复能力，从表面上看绚丽如旧。

春暮时候，城市又恢复了生机，绿色回到城市中来，还有盛开的鲜花。去年，没有注意到树叶是什么时候掉的，冬天就来了。严严一个冬季让人几乎记不起来曾经存在过，光阴似箭，把有些无关紧要的细节变得模糊了。

世贸大厦的遗址附近仍旧有人们带来的鲜花，挂着写了字、签了名的横幅和T恤，还有许多的小熊，美国的每个孩子生命当中都拥有过至少一个泰迪熊吧，差不多是在成长过程中起到安抚作用的一个象征。小摊上在卖纪念的小册子，商业社会中一切都可以变成商品，无可厚非。偶尔仍旧看见有人在掉眼泪，这时候悲痛已经变成一种比较私人的感情，不再是公众舆论的头条话题了。

我与倪裳开始练习做瑜伽；崇光与他的同事开始在周末相约去纽约上州打高尔夫球；我隔壁的同事请假去加州野营爬山；我的邻居每个周末都往海滩晒日光浴，逐渐得到理想的肤色。哈德逊河上漂起点点白帆，河边有骑单车、慢跑、穿着单线滑轮溜旱冰的人。天空仍有纽约警察的直升机巡逻，但好像每个人都有了要努力培养的兴趣，孜孜不倦。

崇光在家里开派对，倪裳已经俨然半个女主人的样子了，小公寓里烛光摇曳，放着 Chet Baker 的爵士乐，给人很清亮的感觉，是那种可以让胸中的疼痛不为人知地安全释放的音乐。他们看上去俨然是一对璧人，是会让人吸一口气，心底暗暗羡慕的那种。客人来得很多，渐渐室内热闹起来，说话的声浪盖过了音乐。

有人抽出崇光的相册看。相册中的照片从大学时代开始，他说小时候的照片都留在了杭州的家里。相册被传看，我自他的大学同学的合影之中看见了叶灵。她的美丽非常突出，使人立刻会产生这是谁，现在在哪里的想法。也真的有人这样问了。

崇光探过身子来，看着那张照片，说，是大学同学。谷荔也认识的，也是我们中学的同学。现在在费城。

本人比起照片来怎么样？

崇光说，一样吧，本人也挺漂亮的。

这么漂亮的女孩子，找个机会介绍给我们认识吧。

崇光说，哦，这个啊，人家已经名花有主了。

大家说这样啊，有些失望的样子。我转头找倪裳，看见她的身影一转，走到厨房里去了。

有个女孩子走过来，说，美女啊？让我看。她把照片拿起来细细地端详，然后说，的确漂亮，但是媚了些，我觉得还是像倪裳这样好，对不对，崇光？

大家说崇光自然是这样认为的。

我帮着崇光将照相簿收起来，放回到书架上去。崇光走过来，好像要将照相簿重新抽出来，但又放弃了，手指滑过照相簿的书脊梁，连他自己也没有意识到那是多么伤感的一个举动吧。也就是在那一刻，他把要说的话对我说了出来，好像计划了很久，终于一吐为快。

他是这样开口的，叶灵，不错，她是个很执著的女孩子。

他手里转着一只杯子，好像时光会由此倒转一样，有一些水溅了出来，我递给他一张纸巾，于是他接下去说，记得那次小刚说的话么？那是小刚信口乱说的，那时候，我可没有像他说的那样喜欢她。可是到了大学的时候倒真的被她吸引了。她与我一起考到北京去的，听说她一直打算留在杭州的，为了小刚的哥哥，这，你是知道的。但不管怎么说，她还是去了北京，情绪非常低落，那时候她已经跟小刚的哥哥分手了。整个学校只有我们两个是从我们那所中学去的，因此我们自然而然走得很近，到那时候才对她与小刚的哥哥的事情有了一些了解。当时，我非常震惊，想我们身边同龄的人身上居然发生了这样的爱情，简直不可相信。至于什么样的事，到今天看来也觉得比较平常了。不提这些。怎么说呢，有一段时间，她在我生命中变得很重要，可是，我一直不知道自己在她的心中是不是有等同的位置。我们是一起出国的，过了一段时间，我们发现剩下的事怎么也没有办法继续了。这是相当痛苦的一件事，像走在一个死胡同里一样，然后我以为这一辈子，爱情简直是不可能的事了，直到遇见倪裳。

我深深吸了一口气。这就是所谓的真相吧。

崇光说，我最后一次看见她是去年。你与倪裳去参加朋友婚礼的那次，我有点事去费城，不是特意与她会面，但还是碰见了她。我跟她提起你来，她一直记得你，跟我说起你们有一次在路上偶遇，聊天的事，她说那是你们唯一的一次交谈。那时候她是那么寂寞的一个人，没有所谓的女朋友，所以，她一直记得那天的事。她说很可惜，原来以为可以与你做朋友的。这件事，很抱歉，我一直没有告诉你，因为说起来，就牵涉到前面说过的话，不知道怎么开口了。有的事，我以为你也已经从小薏那里知道了。

我摇头，说，没关系的。我明白。叶灵，她现在好么？

挺好的，在念法学院，男朋友已经工作，事业小有成就，对她很好。一般意义上说，这就是理想生活了。生活没有什么担忧的事，住在郊区漂亮的大房子里，过着幸福生活。至于这里，崇光指了指胸口的地方，说，但是这里，这个女孩子，没有人知道她在想什么。但她能够将自己照顾得很好的。以前总以为她的人生远远不止这样。

我说，那不是很好？

是吧。然后，我们相视而笑。

我又问，最近有没有与小薏和小刚联系？

有，用电子邮件通信。

我想了一下，觉得还是说出来，那时候，中学的时候，小薏可是很喜欢你的。你知道吗？

崇光没有立刻回答，过了一会儿才说，小时候的日子挺好的，想象中的爱恋反而是最完美的，像一种坚定的信念。

后来，我想起叶灵来，美丽的叶灵。她应该算是我生命中唯一遇见的一个奇女子吧。她的故事，我并不十分清楚，但粗略的一个轮廓已经让人荡气回肠了。

叶灵，女，生于一九七四年。性妩媚，重义气，擅迷人之术，所见男女莫不为之倾心。第一次恋爱发生在我们这一代经历的第一次历史性大事件当中，后来，有许多人愿意为了她前仆后继，但她却急流勇退了。

她的一生，大致是这样吧，如果要编写奇女子录，这样的措辞应当是可以的。当然，总有一些不为旁人知的细节的，但是那可以略去不记了。

我们说话的时候，倪裳一直没有过来打扰我们。

倪裳与崇光，　对璧人。我现在还是这样以为。

无意当中他们把各自的过去留在我这里了。我想我可以把它们打成包裹安放起来，应该不会有人来提取了。所谓湮没的历史就是这样子的。

如果，我们幸运，他们也就能够白头偕老，如果没有战争和灾难的话，这一辈子就是安然地面对生老病死了，努力地工作，得到回报，过好每一天的日子。这就是普通意义上的太平盛世了，没有灾害，付出一点点遗忘的代价就可以了。

我们又到乔贝卡区的多瑙河餐馆去吃饭，乔贝卡的东边是中国城，北边接着苏活区，西边是哈德逊河，而最南边就是原先的世贸大厦和拥挤繁忙的华尔街金融区。去年九月以后，多瑙河和附近一些餐馆停止营业达几个月那么久，倒不完全是因为距离现场太近，主要的原因是这些餐馆的厨师都在义务地为清理人员准备每日三餐的食物。那都是纽约顶级的厨师。

现在，这里恢复了以前的样子，几家顶级餐馆的位子还是很难订到。走在宽宽的小石板街道上，空气中嗅不到悲凄了。乔贝卡的迷人之处是它有一种锦衣夜行的味道，不张扬，不喧哗，却有一种优雅雍容的姿态，现在也不摆出受过难的身段来，博取同情，让人感到平常的日子好像从来没有离开过，一直在我们身边，这样子真的很好。

多瑙河餐馆与以前一模一样，装饰着的画，色彩华丽而低调，施特劳斯的音符充溢在空气中，似乎触手就可以让它在生活里随处流淌。食物还是棒得没话说。

我很自然地想起了大半年前，我与倪裳在这里吃饭的事。她说，不管什么样的悲伤都会消失，这本身就是这样单纯简单的。

那声音宛然就在耳边。

那个晚上，下起雨来。纽约不能算是个脉脉含情的婉约城市，但在雨里总是有些欲语还休的味道。纽约客总是不太有闲心看雨中的风情，在雨里匆忙地来去，女士们将手中的伞当做一种姿态，仅此而已。我听着雨水打在伞上的声音，心平气和地听了一阵子，觉得心是柔软的。一切都过去了。

二〇〇二年，北京

我是在初夏的时候休假回到中国的。

这一次，我与小薏重聚在一起。

钟小薏出落成一个出色的职业女性。她站在我面前的时候，我想这就是所谓的完美的白领形象了，帅气而且好看。她下班以后直接到机场来接我，我们拥抱。十年弹指而过。

小时候，记得我们常常说起，十年之后的我们会变成什么样子，我们会不会还是好朋友。那时所指的十年大概是以二〇〇〇年为界线的，二十一世纪的事，在那时候看来好比是从地球到另一个星球那样遥远。真正到了这样的时候，发现不过如此，人们并没有像幻想的那样坐着飞船旅行，世界也没有变成一个完美的没有战争的地方，我们自己都没有像曾经设想的那样，浪迹天涯，过一种浪漫没有拘束的生活。职业、办公室、工作变成一种类似责任的实质性的东西。这就是我与小薏这一代人的成长。有一些幻觉和想象消失了，我们也长大了。

小薏在京城中心地段供了一间楼房，分期付款的那种，装修得很精致舒服。她说现在买房子在单身女性之中相当流行哦，语气很欢快。我在她的房子里走来走去，想着就是当初那个小姑娘有了一个小小的窝，安家落户，也觉得很棒。这屋子好像一个沉甸甸的果实，是有些芬芳的。我把想法告诉她，她说，有一个小窝，工作再累，在外面受了委屈，回到这里来，一个人静静地想一想，就什么也不重要了。即使结婚，保留一个自己的空间也是不错的主意，累点也值得。

工作辛苦吗？

嗯，有一点。但不足为外人道。你呢？

没有想到，我与小薏见面以后，一开始聊的并不是童年的往事，而是现在的工作和生活，仿佛那才让我们更容易接近。世界上每一个都市里的年轻人经历的烦恼以及压力都大致相同吧，爱情，工作，生活，物质，欲望，理想。就这么多。

二〇〇二年的北京是一个繁华怀旧的城市。新的事物层出不穷，而过去的每一个时代的东西都可以被找到。上千年的古董；二十世纪每一个年代的服装，清代的旗装，马褂大袍，三四十年代的旗袍，六七十年代流行过的绿色带红星的军帽；各种口味的食物，从宫廷点心到民间小吃，以及中国每个菜系，其他国家的风味菜；有人唱摇滚，有人票京戏，也有人表演实验话剧做电影，你方唱罢我登场，相当的热闹。

北京是一个非常大的城市，有很宽的马路，很大的广场。二十世纪五六十年代留下来的俄式的方方正正的高楼，有时会让人产生渺小的感觉，用一句老话说，就是天子脚下那种存在于空气中的有点严肃的气氛。江南来的小薏在这里已经生活了三四年了，不知道她是怎样习惯这北方的城市的。她说，好像是被时代的洪流冲到这里来的，只有进，没有退了。你也一样吧，你怎么习惯纽约，我也是怎么习惯北京的。当然，当然会想念杭州，那真是个安逸的城市。

小薏家里有许多唱片，有无数罗大佑的歌，她说是我们这代人的时代曲。我奇怪地问，那时候，我们真的听这些歌么？

大家都这么说啊，是既定事实了啊。我也觉得奇怪，总记得那时常听的流行歌曲都是张学友、张国荣、童安格这些人的。但这些歌倒是经得起时间考验的，你听听看，听听大概就想起来了。

那支歌叫做《恋曲一九八〇》，是一支美丽的歌。

你曾经对我说，你永远爱我，爱情这东西我明白，但永远是什么，姑娘你别哭泣，我俩还在一起，今天的欢乐将是明天创痛的回忆，啦……亲爱的莫再说，你我永远不分离，什么都可以抛弃，什么也不能忘记，现在你说的话都只是你的勇气，春天刮春风，秋天下着雨，春风秋雨多少海誓山盟随风而去，亲爱的莫再说，你我永远不分离，你不属于我，我也不拥有你，世上没有人占有的权利，或许我们分手，或许就这么不回头，至少不用编织一些美丽的借口……

窗外的北京城万家灯火。

小薏说，一九八〇年的时候我们几岁？

很小，小得还想不起爱情这样的字眼来吧。

那一九九〇年呢？十年之后《恋曲一九九〇》也是一样的伤感啊。

再过十年，到了现在，爱情还是一样的味道。

小薏？

我只是在说歌曲，不是说我自己。

那一夜，我们没有提起往事，往事如风，我们已经疾步向前，停不下脚步了。我们泡了一壶瓜片，本来要泡龙井的，但那茶叶放得时间太久，只得作罢了。

北京之后我打算去杭州，小薏一桩桩地将杭州的变化列出来，告诉我小学变成了什么样子，中学现在新起了哪些楼。大多数街道也跟原来不一样了，连我自己回去也要走丢的。

走丢，不太可能吧？

就是那样子的，大家都抱了彻底地要改变什么的决心似的，一点一滴坚持不懈地营造着什么。结果，我们童年的痕迹很多都消失了。好像变成了没有历史的人一样。她安慰我说，西湖倒是没有大的变化。山山水水还是老样子。

我的想象力变得很薄弱，小薏的描述没有让我对她嘴里的变化产生任何具体的印象，我的想象仍旧被记忆里的那些街道和楼房占据，学校旁边的小路，卖烤番薯的小摊，西湖边的三联书店，回家路口经过的卖报纸的小书亭，公寓楼下成片的蔷薇，就连公寓小区那家杂货店的招牌的样子都记得清清楚楚。

小薏说，那些，都像烟一样消失了。

还是小薏送我去机场，她请了半天假，我们的车自城市里穿过，开到高速公路上去。北京的新机场已经建好了。我们到得很早，所以有时间一起喝一杯咖啡。伤感的气氛像雾一样弥漫得到处都是，只有我们两个感觉得到。

小薏告诉我，她用一种反正都过去了、说出来也无所谓的语气开口，她说，中学时候，你走的那次，我们没有真正的告别吧。你突然从我们的生活中消失了。

本来以为，我们几个人会重修旧好的。你知道吗？你走的那天，崇光哭了。

我说，什么？

他哭了。

我们沉默，注视着面前的咖啡杯里渐渐散去的泡沫，然后抬头的时候，发现我们正用一种严肃的目光互相打量着。渐渐地也就笑了，有某种东西被我们如空气一般吸进去，又当做呼吸一样吐了出来。

像烟一样消失了，正如小薏说的那样。

机场的播音器里传出我这班航班开始登机的消息。

我说，小薏，我要走了。

我们隔着桌子紧紧拥抱。

我拖着行李走进登机区。在这个世界上，有的事以为已经结束却远远没有完结，而有的事以为刚开始却已经结束了。

我回头，小薏已经看不见了。

一九八〇年的蜜蜂和油菜地

小果遇见谷荔的时候是一九八〇年的春天。小果与谷荔同年，但不知为什么小果总觉得有照顾谷荔的必要，并时刻担起这样的责任来。那是个滨海小镇，谷荔是客，小果是小镇上的女孩子。谷荔在那里一共待了一年零三个月。

春天正是油菜花开的季节，谷荔与小果有一张头挨着头的照片，背后是金黄灿烂的大片油菜地，照片上看不到的是成群嗡嗡飞着的蜜蜂。这一刻，在谷荔有关童年的记忆里，一直色彩鲜明。

但关于一九八〇年，谷荔的记忆没有小果清晰。那一年，谷荔暂居祖母家，时刻等待着离开这个小镇，回到父母的身边去，对小镇的生活显得心不在焉。后来，她看中国地图，手指沿着浙江短短的海岸线划过，想到那个小镇，想起小果，就“啊呀”一声，好像又看见那个春天的样子，然而不管是时间还是空间，她已经在千万里外了。

她记得的小果，是个大眼睛、梳着两条辫子的小女孩，仿佛总是很害羞，也很温柔。那些海边的小镇的午后，风自遥远的地方吹过来，带来海的味道，小果拖着她的手去看油菜地里的蜜蜂，于是走进大片的花海里。

她们在菜地里细小的泥径上跑来跑去，好像时时会撞到鲜黄的花或者无处不在的蜜蜂。小果的脚步慢下来的时候，谷荔还在往前跑，用一种勇往直前的姿势，好像随时会消失在路的尽头。

午后阳光替小果拉出了一个长而寂寞的影子，周围的蜜蜂无处不在，杂而无序地舞蹈，发出嗡嗡的轰鸣。有的在采蜜，有的正要飞回蜂巢去，它们全都在奋力地飞舞，即使停下来，也努力不懈地抖动着双翅，一副正在努力工作的样子。小果停下来，和她的影子一起凝立不动，犹豫着，不知怎样跨出适当的脚步来配合周围这纷繁忙碌的世界，于是就有点儿不知所措。这时，谷荔在菜花地的尽头向她招手。小果于是慢悠悠地走过去，一面走，一面想，过一年，谷荔就要回到她的那个城市去了。到那时候，菜花还会再开一次，而她自己大约仍旧还会在这里。这些蜜蜂也一样吧。

谷荔说，到城里去逛逛吧。小果就说好。而所谓城里，就是小镇那几条热闹的街道。小果拉着谷荔的手，穿过街市的喧闹，指给她看街边的新华书店、食品店和吃馄饨的小馆子。有一只蜜蜂在她们身边飞过，在小果的耳边留下一串轻微的蜂鸣。小果停止了说话，回过头去，视线紧紧跟着那只蜜蜂忽高忽低，在人丛里钻来钻去，好像迷了路一样。谷荔继续往前走，拖着小果的手，小果紧跟几步，然后那只蜜蜂就在视线中消失了。

小果想，不知道从这里飞回到油菜地里去有多远，那只蜜蜂会不会永远迷失了方向。她看一眼身边的谷荔，谷荔正用一种兴奋的神情东张西望着，脚步带着一种跳跃的节奏，而小果的脚步却有点紊乱。但是很快她们就走到了那条街的尽头。

小果说，到了。然后看着谷荔。

小果想，谷荔的那个城市一定大得多，街道一定不会这样轻易就走到了头。而一只蜜蜂飞到了那样的城市，一定会更容易迷路吧。

那时候，小果还不知道这样的感觉就叫做伤感。大人们都鼓励她做一个干脆而利落的人，并不赞赏风花雪月式的缠绵。她家世代行医，她爸爸和她爷爷都被人称作戚医生。戚家在城中心一条小巷子里，以一个种满了花的庭院在小镇闻名。小果走在小镇的街上，总有人会认得她是戚医生家的女孩子。

谷荔的祖父是镇上小学的校长，学校据说在旧时是一个有钱子弟的书苑，还找得到小亭子和九曲桥的遗迹。那时新的学校教工宿舍还没有开始兴建，谷校长的家就在学校一隅的老房子里，占了一个小院子，有两棵巨大的桂树和一缸荷花，那时是春天，所以她家的院子还没有显示出热闹和繁华来。她常常高声地喊一句，爷爷、奶奶我去找小果了。在家的时候，祖父和祖母总是在看报或者听收音机，通常嘱咐她说，早点回来啊。

学校与小镇的居民区正隔着那片油菜地。谷荔穿过繁花，心里总是饱涨着一种快乐，让她不由自主地要疾步快走，渐渐听得到自己扑通扑通的心跳。直到她穿过热闹的大街，心跳的声音才渐渐淹没在一片喧闹声中。小果他们的小巷在闹市后面，总是安安静静的，墙根有青苔和凤尾形的蕨类，两边青砖的院墙后面隐隐传来类似进行曲的音乐，大概也是收音机的声音吧。

谷荔走路的时候总是一副心无旁骛的样子，到了小果家的门口就熟门熟路地踮起脚，推开门，门后面就是一个春意盎然的院子了。她没有看见对面人家天井里的男孩子，坐在一个小板凳上，奋力用一支白粉笔擦着一双半旧的白球鞋，天井的门开着，头顶的一架葡萄还没有叶子也没有花，男孩子目送她的背影消失在门后面。屋里咣啷啷的一阵响，是他的哥哥，自堂屋里将一辆锃亮的自行车小心翼翼地推出来，顺便摸摸他的头，问，干什么呢？

男孩子答非所问，说，那个城里来的小姑娘又来了，到对过去了。

他哥哥噢了一声，说，你说的是谷校长家的那个小姑娘吧。怎么不找她们玩去？

男孩子说，谁找她们玩？他身上的白衬衫和蓝布裤子看上去分外一丝不苟，他哥哥临出门的时候看了他一眼，说，星期天在家穿这么整齐干什么？

男孩子的脸腾的红了。

对门传来两个小姑娘的一阵笑声，高而欢快，还有跺脚的声音，然后门又吱地被推开，小果和谷荔走了出来。小果看见他，有点意外，男孩子也是，脸还红着，手里还拿了只鞋子，因为不好意思，一支白粉笔被他捏着在旁边的石板地上强按着，拧来拧去，立刻磨去了一大截。

小果问他，李钧威，要不要跟我们一起玩？

李钧威这个成人化的名字安在这个小男孩的身上，显得大而无当，松松垮垮的，男孩子抬起头，装作不情愿，又遏制不住迫不及待，眯着眼睛问，玩什么啊？

于是，小果将她的新朋友介绍给男孩子。男孩子就问谷荔，从你们那边儿到这里来要多久？

谷荔愣了一下，随即明白，就回答说，坐公共汽车要四个小时。

男孩子很内行地说，那很远啊。

谷荔说，不远，很近的，一会儿就到了。

男孩子有些愕然。但随即“啊”了一声表示心悦诚服地接受。

小镇的居民平时习惯用方言交谈，但是小果和李钧威为了迁就谷荔，改说普通话。他们在学校里学会普通话还不久，一直没有运用的机会，所以起初觉得有点拗口，但是马上就觉得扬扬得意，说得咬文嚼字，煞有介事，并且沾沾自喜，仿佛有点长大成人的味道。

李钧威的哥哥回来的时候，他们三个小孩子已经玩在一处儿了，热热闹闹地说着话。钧威的白衬衫也已经黑了一大块儿。李钧威的哥哥叫做李钧豪，刚刚升高中。在他眼里，像钧威那么大的孩子不过是小萝卜头，玩的都是小孩子的玩意儿。所以，他看他们一眼，就矜持地走回自己的屋子里去了。

三个孩子在玩滑圈，相当古老的游戏，一只铁圈被竖起来，滴溜溜地被一支小棍子推着往前转动，居然倒不下来。谷荔没有见过这个游戏，看得新鲜，睁圆了眼。钧威教会她游戏的诀窍，因此觉得有点自豪。他们都出了些汗，变得热气腾腾的。

但是这样的游戏在后来的几年里很快销声匿迹，一点也没有遗憾地被孩子们丢在了一边。那大概是它最后的辉煌期，很尽职地随着孩子们的脚步一圈圈地转动，渐渐地，就转入历史中去了。

后来，他们三人在李家的天井里坐下来，有一搭没一搭地说着话。屋里传来音乐的声音，谷荔被吸引，循声走到屋里去找，听音乐的是钧豪。歌曲是陌生的，缠绵婉转，钧威的哥哥一脸兴奋，捧着一只小录音机坐在窗前，他告诉谷荔那是邓丽君的歌，问她，好不好听？好不好听？

谷荔还不认识他，不愿开口，但重重地点了点头。靠在门边上将那首歌听完。歌声之后，屋子里显得特别安静，很远的地方传来电台儿童节目的声音，说，小喇叭开始广播了！然后，便是嘀嘀叭，嘀嘀叭的。钧豪朝她笑一笑，谷荔有些不好意思，转身跑回到天井去。那是第一次有人郑重地向她介绍邓丽君这个名字。

黄昏时候，大人们叫小果与钧威一起送谷荔走回去，于是他们又穿过那片油菜地。夕阳之下，有风，花浪微微地起伏，三个小孩子有些疲倦了，走得歪歪扭扭，菜地里蜜蜂的嗡嗡声越发变得明显，轰隆隆一阵阵高低起伏着。钧威对着远方，指点江山一般抡着手臂在空中一划，说，很久很久以前，从这里到那边全都是油菜地，到现在只剩下这一小块地方了。

对于到底是多久以前，以及油菜地曾经有多大，他也说不上来，所以说完这一句，就觉得力竭了。天空广而大，无边无际的晚霞似乎触手可及。他们抬着脸看，在原地滴溜溜地转了几个圈，于是脸也红了起来。小果催促他们，说，天要暗了，快走吧。

天色果然像突然垂下了一顶帐子，蓦地暗了一层。油菜地其实不大，他们很快就走到尽头了，到了小学校的大门口。有一个女孩子和男孩子迎面走来，与他们错肩而过，两人并排走在一起，一派不疾不徐的样子。

钧威回过头去看他们，说，那是哥哥班上的应小红啊。

那个叫应小红的女孩子好似有所觉察，回头看了他们一眼，看上去好像笑了一笑，但因为黄昏，因为远，看不太真切了。那两人继续沿着油菜地边上的小径走下去。她是个美丽的女孩子，走路的姿态像一只矜持却又充满活力的小鹿，头发梳成两条辫子，垂在肩上。她旁边的男孩子比她高一个头，身材笔直，却穿了一条喇叭裤，紧紧的裤管到了下面就撒了开来。三个小孩子同时注意到那微妙的细节，一起“啊”了一声。

钧威聚精会神地注视着他们的背影，好像不甘心地说，爸爸说只有小阿飞才穿喇叭裤的呀。

远处两个大孩子传过来一阵细细碎碎的笑声，红霞在一点点褪去，他们三人静静地站在原地，仿佛听得到自己的呼吸声，吸气，然后呼气，油菜地里的虫鸣开始连成一片。这个时候，谷荔耳边忽然好像又听到刚才在钧威家听到的旋律，一个音符一个音符地在空气中跳跃起来，在耳边缠绵不去。风大了起来，带着一点点咸的味道，钧威用很权威的口气说，是涨潮了！当然，这是个滨海的小城，总有潮来潮退，但是他们站在那里一点也听不到海的声音，真难想象潮汛就在不远的地方，空气中分明有海的味道。

后来，谷荔发现原来她的祖父也知道应小红，这个世界就是这样小，见过的人和事，总是盘错交叉，连在一起。

应小红曾经是谷老校长的得意弟子，因此在这个春天人们把关于应小红的事传到老校长耳朵里的时候，他很斩钉截铁地说，这是不可能的。他的声音很大，将谷荔也引到屋子里来，悄悄坐在一个小板凳上听大人们说话。在所谓的事实面前，老校长的肯定听上去有点软弱，但他还是反复强调，这孩子会有出息的。我看着她长大的啊。

可是，影响不好啊。小姑娘跟一个小阿飞在一起。姑娘家，不能行错走差一步啊。梳短发的中年女老师像是在话家常，又像在作开会的发言，不知为什么看上去很是激动。

谷荔忍不住说，应小红已经不是小学生了啊。

嗐，嗐，看这小姑娘，怎么在这里听大人说话，出去玩，出去玩。女老师好像这时才看见她，走过来，拍着她的脑袋，半哄半推地让她到外面去。谷荔知道祖父不会这样干涉她，但这时候显然也不打算阻止那个女老师的动作，只好委屈地走到外面院子里，院子的外面就是小学校的操场。

谷荔向校门口走去，下意识地希望看见应小红走过，甚至已经在心中描绘出她走路的姿态，想象她的出现会带来的不可言喻的轻巧快乐。等了一会儿，谷荔就失望了，外边只有大片黄灿灿的油菜花，不知要开到什么时候，油菜地另一边的闹市在这儿一点也看不见。校门口有两棵巨大的梧桐树，谷荔站在树下，看上去只是一个小小的人。这次，风中没有咸咸的味道，谷荔已经明确地知道了海的方向，就在油菜地后面，穿过闹市，还要走相当长的一段距离。

校门口行人不多，她一个人在校门口的台阶上闷坐了一会儿，那个女老师倒是走了出来，看到谷荔又一惊一乍地说，小荔荔，怎么坐在这里？你爷爷在找你呢。

谷荔不喜欢别人叫她小荔荔，连带不喜欢这个老师，所以只闷闷地答应了一声。

女老师却兴致勃勃，没有要走的意思，索性半蹲下来，要逗着她玩，问她想不想爸爸妈妈，喜不喜欢爷爷这儿。

谷荔心中不知道为什么升起一股巨大的愤怒，像火焰一样，卷到她的喉舌去，说不出话来，于是就站起来拍拍身上的灰，说，我要回去了。

是，是，是。女老师也站起来，还是笑眯眯的。谷荔不知道自己为什么不能激怒她，心中有点失望，就变得懒洋洋的，微蹙起眉头，眯起眼，一站起来，眼前开开阔阔的，大片油菜地又映入眼帘。女老师好像知道她在看什么，说，小荔荔啊，在省城里的时候，见过油菜花吗？以后啊，这些菜地会统统地建起高楼来，就跟你们城里一样。那时就漂亮了。

谷荔脱口而出道，不要，我喜欢油菜地。

到底是城里来的孩子，就知道新鲜。吴老师在这里一辈子了，这菜地可是看厌了。你看，这边，咱们就建那么一排新房子，给你爷爷，你老师们当宿舍，好不好？再建很多很多的商店，好不好？你说吴老师说得对不对？

谷荔嘟嘟囔囔地说，不好，不好。

老师笑着走了。谷荔望着她的背影想，原来她姓吴。

吃晚饭的时候，谷荔埋头吃饭，忽然决定宣布，她不喜欢吴老师。祖父、祖母都愣了一下，祖母说，荔子，怎么那么没规矩？不要随便说喜欢或者讨厌一个人。

祖父则有些气闷的样子，右手放下筷子，左手握了个拳在桌上轻轻敲了一下。祖母便问，哪个吴老师？荔子的老师里没有姓吴的啊？

就是应小红的班主任，镇上二中的。今天特地来跟我说应小红的事。一点点小事，要闹得满城风雨。我跟她说了，应小红这孩子我知道，出不了岔子的。别人搬弄是非，你做老师的要看得清楚。她反倒说得个津津有味。

小红啊？这孩子好，很久没见她来玩了，什么时候邀一邀。不过，话说回来，人家老师也是负责任，我也听到些不好的话。

什么责任？做老师的要是非分明，我看本来就没什么，偏要生事，这样的例子我见得还少么？还是改不了。

别说了，别说了，过去的事就别提了。

谷荔插嘴说，就是，吴老师还不让我听爷爷说话。

祖父、祖母倒是笑了，但是说，荔子，这就是你的不对了。小孩子不要那么容易记仇，轻轻易易就对人对事作出结论，还有呢，要对大人有礼貌，下次看到吴老师要打招呼，记住了？

大人的世界有的时候真的让人不能够明白，谷荔心中颇为挣扎，不知道要不要真的听祖父祖母的话。她想告诉祖父祖母她也认识应小红，但是不知从何说起，就作罢了。

接下来的几天里，三个小孩子的话题开始围绕着应小红转。本来，钧威总喜欢问谷荔大城市里的事情，对本地没有的儿童公园、少年宫、百货商场这些场所百问不厌，末了还要装出一副心领神会的架势，表示与他本来的猜想也相差无几，渐渐就有些疲乏了。应小红的话题让他蓦然觉得权威起来，很有点振奋的意思，他说，应小红的事，包在我身上，保证打听得清清楚楚。

小果与谷荔笑作一团，小果说，李钧威，你凭什么说包在你身上啊？

钧威急了，说，她是我哥哥的同学，我见过她到我家来的。小果总喜欢连名带姓称呼钧威，让人觉得那称呼里托付了某种责任一样，让钧威要昂起头来，渐渐也有点顶天立地的样子了。

钧威想了想，又说，她是他们班上的好学生呢。成绩很好的！

大家说，真的啊。这样多好。

他们都喜欢应小红，不知道是什么原因。

小果有额外的功课，每天要做一百道算术题，写一篇日记，要完成作业才能玩。钧威和谷荔来找她的时候通常要等她一阵，他们喜欢待在小果家的阁楼上。从外面看，阁楼有一个尖顶的窗户；从里面往外看，据钧威说看得见海，他总是徒劳地叫谷荔顺着他手指的方向看，一面说，海，海就在那边了。谷荔跳上跳下还是只能看见老房子的屋瓦，连绵不断的，陈旧了，可是有种让人觉得心安理得的泱泱气势。

看到谷荔兴奋的样子，钧威便会提到海边的大炮，据他说海边的山头上有一门指着大海的铁炮，年代久远，是很久以前打仗的时候用过的。

小果一面埋头做题，一面头也不抬地说，是鸦片战争时候。

那是什么时候？

清朝！

哇……那么久之前啊。

这样的时候，小果与钧威会相视而笑，觉得自豪，好像尽了地主之谊一般。

小孩都喜欢吃零食，那时的蜜饯还是从杂货店论斤秤两买来的，钧威起先总是忍着不吃，觉得那是小姑娘的玩意儿，但时常也熬不住，拣一块酱芒果三口两口就吃完了，然后将吃剩的果皮从窗口远远地丢出去，再将身子从窗口倾到外面，东张西望。屋瓦上总有麻雀飞过，钧威想找一只海鸟出来，可以指给谷荔看。

他看见应小红就是在那样的时候，她比海鸟先出现。他说，应小红！快看，应小红！她过来了，到我们家去了。

小果与谷荔赶紧趴到窗户上去看，脖子伸得长长的，勉强看得见楼下小巷的一角，但只来得及看见应小红的马尾巴，一甩，就到钧威他家的小天井里去了。

三个人推推搡搡走进钧威的家，果然看见应小红坐着与钧豪聊天，与谷荔想象的一样，她又听见几天前听到过的熟悉的音乐，声音被压得低低的，但是轻柔却无孔不入，屋里的气氛就有点像一幅画了。钧豪看见他们，淡淡地说，回来了？

应小红朝他们笑一笑，可是看上去仿佛在谈着什么重要的事，不能够被打断，所以笑容里有歉意，好像说，真是不巧，不能陪你们玩啊。

三个人兴冲冲地跑回来，却发现原来没有他们的事，有点预期不到的失望，就讪讪的，退到外屋去，可是也不愿走开。

小果说，那是邓丽君的歌。谷荔就记起那天钧豪告诉过她的名字。

应小红的声音在歌声里传来，好像是一个说故事的人，倒不是她的语调转折起伏，而是因为三个人过于全神贯注了，怀了听传奇的心情，不知道为什么他们都觉得应小红身上充满了某种让人不能自控地想去了解的魅力。

应小红的故事早已开了头，她说，从小妈妈就告诉她，迟早要离开这个地方的。所以与不相干的地方、不相干的人计较，有什么必要呢。随他们去吧。

三人听得面面相觑，有些兴奋，脸有点热，觉得精彩。

钧豪却说，连我也不相干吗？

离开小镇，到大城市去，不也是你的理想吗？

话是这么说啊，但是毕竟高考不是有百分百的把握。而且还有两年，谁知道呢。

一阵沉默，应小红又接下去说，你是没有问题的。不知道他是怎么想的，才初中毕业，有什么前途。

他真的现在就要走？念完高中，考上大学再走不好么？

所以，连我也不知道他到底在想什么。

去哪里？

南方。

这里就是南方啊。

更远的南方。他父母都过世了，这一走，就真的是走了。

你们……

妈妈一直要我考上海的学校，那样就算是回去了，了结了她多年的心愿。

你劝劝他，至少把高中念完吧。

妈妈经常说，每个人的命运各不相同，有时可以自己掌握，有时则不。他也挺可怜的，他家跟我们家挺像的，闹了个家破人亡。原也以为，按部就班的什么也就好起来了，他偏不是个循规蹈矩的人。

小红，你自己要……

我？你不用担心，我是顶在乎自己的人，又胆小，也不想受什么意外或者惊吓什么的了，一点点也不想，我妈妈早就受够了。倒是他，还真的让人担心。不过每个人都有自己的路，勉强不来。

屋里的谈话声忽然没了，两人好像在专心地欣赏音乐，然后咔的一声，磁带转到尽头跳掉了。

小果小声地问她的同伴，家破人亡啊？那是什么？

钧威也小声回答，她爸爸死了，是在“运动”里死的。她现在的爸爸不是亲的。

运动？

对，运动。就是大人说的那个运动啊。

噢。是那个大家说的史无前例的运动啊，整整十年哦。

三个小孩子吐吐舌头。因为不是身边的事，况且也是大人口口声声强调的历史了，所以也就是吐吐舌头而已。那是老房子，抬头就能看见天花板上的屋梁，都是木头的，年代久了，看上去偏黑色，感觉却高爽，然而坚硬。

钧豪在里面忽然高声地问，威威，你们在外面干什么？

钧威说，我们在玩。

玩啊？玩什么呢？应小红从屋里走出来，三个孩子却立刻异口同声地说，没有玩什么。

应小红靠在门边上，于是就笑了，看上去有点慵懒，四周的空气便也滴溜溜地像旋涡一样柔软地被什么东西吸进去，又在另一个出口绵绵地涌出来，像过滤了一遍，还复了一个澄明的下午。

我们去海边玩吧！应小红是这样说的，她的脸扬起来，看上去好像有阳光照着她，那是百分之一百有说服力的表情。

谷荔心中立刻就切切地兴奋起来，“海”这个词让她觉得每一个细胞都被某种精神一般的东西浸润了，怦怦地跳着，蠢蠢欲动，她朝小果拼命地挤眼睛。小果自然记得谷校长说过不要去海边玩的教训，谷荔的表情让她会意不语，脸上却露出左右为难的神色，被应小红看见，不觉一怔，没有想到小孩子也会有这样复杂的表情，不觉伸手将她拉过来，说，不妨事的，有我跟钧豪哥哥在，大人不会说的。我们走！

小果被看破心事，脸立刻红了。应小红牵着她的手，恍然像抓住了自己，于是问，叫什么名字啊？

戚小果！

啊，我们名字里都有一个“小”字。这时的小果仰头望着应小红，心中早已抛开了要不要去海边的问题，她只是想着，以后，她也要像应小红一样，穿细红格子的衬衫，梳马尾辫子，与男孩子说话的时候声音低低的，还有，她也要像应小红一样要考到上海去。

谷荔已经拉着钧威一阵风一样地跑了出去，又折转来，回头催促大家。小果的脸也为自己一连串的想法兴奋得有点发光，然后，就把它们收在心里了，用一只雕花的盒子装起来，她心中一直有一只这样的盒子，有时连她自己也没有觉察到。

小镇的海边，与所有的海边并无二致，远方是地平线，近处有拍打着的白花花的浪，来海边的感觉也总是这样，好像总有必要追着浪跑，特别是年纪小的时候。应小红与钧豪却已经有了些矜持的意思，他们似乎只打算做纯粹的观众，坐在海堤上，看海，看谷荔他们跑来跑去，也看海鸥。

海堤上面就是一条小街，大概叫海塘街，有一排向海的房子，浅门浅户的，住的大约都是靠海吃饭的人。再远一点的地方就是轮船码头，停着船，看得见甲板上忙着的人，那应该算是一个小具规模的码头，经常有轮船的号角突然地响起来，又突然地灭了。海风中带着很浓的咸味，阳光灿烂，谷荔大口大口地呼吸着。

钧威叫她看远处停泊的船只，说，本来这里要建一个大港的，知道孙中山吗？很久以前，他在这里计划要建一个东方大港的。不信问小果。

小果不住地回头打量坐在堤岸上的应小红和钧豪，希望他们也能一起走到沙滩上来，因此钧威问她是不是这样的时候，她愣了一愣，过几秒才回过神来，但很肯定地说，东方大港啊？是有这回事的。

谷荔问，后来为什么没有建呢？

小果与钧威面面相觑。

谷荔说，真可惜，否则，你们这里也是一个大城市了。

另外的两个小孩子使劲点头，像受了委屈一样，一唱一和地说，可不是吗？否则，就算是上海又怎么样？东方大港比上海可厉害许多倍了。是不是？

然后，他们显得有点沉默，沉默得像沉入海底的一艘船的残骸，很多传奇淹没在水里，咕咕地吐着水泡。

钧威忽然叫她们看，说，是那个人！他怎么来了！

钧威说的正是那天傍晚他们看见的与应小红同行的男孩子，细高的个子，这次没有穿喇叭裤，可是却顽强地把他的一件旧衬衫的领子竖了起来，远远看去那领子却给人软塌塌的印象。阳光照着他的脸，太亮，反而让人看不清他的表情，他悄然无声地自应小红他们身后走过来。

钧豪与应小红同时回头，没有露出惊讶的表情，那个男孩站着与他们说了一会儿话，便也在旁边坐下。坐下去时候的样子能让人似乎在耳边听到长长一声的叹息，就像鼓鼓的气球不知道在哪里被刺了一个洞，而内在的某种坚硬的信念一样的东西便留了一个口子，汩汩流出来的是一些迷惘和遗失的气息。

钧威用很有把握的口气说，他们一定是约好的。两个女孩子对望一下，没有说话，钧威再一次重复，他们是约好的。然后，他骤然地发足奔跑，发出很大的声音，因为没有人注意他，于是又跑回到他的两个小朋友旁边。于是，他们隔了一段距离，全神贯注地注意着那三个大孩子。

他们都在笑，在彼此之间空出一点距离。应小红抱着膝盖，钧豪的手撑着后面的地，那个男孩子，从旁边捡起一块石子或者贝壳，远远地将它向前方扔出去，落在沙上，无声无息，即使是笑也听不到声音。

他们不知道在说什么，但是每个人都开始不住地摇头，不住地说话，到了后来，还是摇头。当他们不开口的时候，小果觉得浪的声音特别大，可是他们开口的时候，四周又特别安静，虽然一个字也听不到。

谷荔与钧威开始在沙滩上挖一个洞，沙上有极小的螃蟹爬过，急匆匆的，永远一副死命赶时间的样子，这一点让小果想起油菜地里的那些蜜蜂，最后留下来的都只是它们吧，留在这海滩上和油菜地里，只要这些地方没有变。

最后，那个男孩子先走了，应小红抿着嘴一动也不动地坐着，突然又像鹿一样跳起来，好像要追赶，可是只是跳起来而已，那一步毕竟没有跨出去，只是望着那个男孩子的背影，看上去很忧伤地站着。钧豪也站起来，立在她后面，手举起一半，又放下来。这时候，海的深处，水天相接的地方突然腾腾地红了起来，夕阳成为一个艳红的球，可以逼视，然而一点一点地坠下去。海鸥突然出现了，呱呱地叫着，盘旋而去。那个男孩子竟然一直没有回头。

钧威停下手里的动作，努着嘴，悄声儿地说，她哭了呢。

谷荔撞他一下，嘘的一声，不让他说下去。

小果找到一只有花纹的贝壳，在手心里握了很久，迟疑了好一会儿，终于跑上去，郑重其事地放到应小红的手里，甚至没有来得及看她的眼睛是不是红着，就跑了回来。

街的尽头早已没有那个男孩子的身影了，他怎么来的，就怎么走了。他们都觉得这一天就这样结束了。钧威甚至伸了一个懒腰。

谷荔倦了，很迫切地想回家，想早点穿过那块油菜地，回到小学校里去。

西天的晚霞一直跟着她走到家门口，而且越来越红，几乎可以用壮丽来形容。

那时候，油菜花还没有谢。

过了几天，再见到应小红是在谷荔家里，她与她妈妈在一起。那是个很有点姿色的中年女子，拎着一袋水果走进他们的院子，一面问，谷校长在家吗？她烫了发，穿了一件咖啡色的外套，白底小绿点的衬衫小领子翻在外面，刻意把头发和衣服都收拾得一丝不苟。谷荔抬起头看她，然后看见跟着走进院门的应小红，眼睛就一亮，马上跑进屋里去，一路叫着，爷爷，奶奶，应小红来了。

谷校长，是您的孙女吧，真是个伶俐的孩子。我们小红很久没来看您老了，我说怎么行呢。谷校长可是我们小红的恩师啊，这不我们就来了。一点东西，我回上海带来的。

谷荔的祖母一出来就拉了应小红的手，让他们母女坐，一面说，来了就好，不要带什么东西嘛。

应小红脸上一直是一抹浅浅的笑，祖母牵她手的时候，笑容里就有点温暖，然后又变得淡淡的。

谷荔自告奋勇说，我去泡茶。

应小红的笑容闪了闪，说，我跟你一起去吧。

祖母说，好啊，像自己家一样，别客气，你跟荔子去吧。荔子，告诉姐姐茶在哪里。

应小红拉着谷荔的手，穿过厨房，却没有停下来，她熟门熟路推开厨房后面的一扇门，后面是一个小操场，旁边长着狗尾草，对面是一排矮矮的教室。星空很合时宜地又亮又澄净，沾染到应小红的眼睛里，使那双眼睛变成谷荔记忆中很深刻的一部分，因为非常的美丽。

应小红的好处是从来不会怠慢比她年纪小的人，她站了一会儿，就轻声就对谷荔说，你爷爷真的是一个很好的老师。

谷荔于是很开心，一口气地说，白天的时候，我们都在这个操场上跑来跑去。下课的时候最开心了，可以玩各种各样的游戏。

应小红说，我们那时候也是这样。

谷荔受到鼓励，猛然说，我要快点长大，像你一样。

应小红一怔，用手摸摸她的头，叹了口气，过了一会儿，才说，你比我幸运。

谷荔不明白她为何叹气，应小红也不知道。暮春晚上已经有露水，她们同时感觉到凉飕飕的水汽，一起叫了一声跳回到屋里，互相望着，暂且笑起来，门外有只虫子短暂而高昂地叫了一声。

应小红的母亲言辞犀利直接，话像水一样哗哗地流出来，说起旧事来，声情并茂，的确看得出她的感动来，那是假装不来的。应小红随她母亲初到这个小镇的时候，就是因为谷校长的鼎力相助才在小学里找到一个位置，那时她们还没有户口，那是当时社会所谓生活衣食住行必不可少的通行证，没有它简直寸步难行。

谷校长说，不过是举手之劳，现在这个时代才华是不会再被埋没的了。

话虽这么说，但仍旧是谷校长跟师母一直维护小红。

谷师母摆手叫她不要说下去了。

谷校长似乎想作一个总结一般，说出来的话变得字斟句酌，小红快高二了吧？这孩子，迟早会凭她的能力考出去的。往后的路还长着呢。一点点小挫折也不算什么。再说，也不算什么挫折，小镇的人情不比大城市，是有些保守。我们都是风雨里走过来的，这下一代，要比我们幸运，你放心，不会像以前那样了。

你这么说，我就放心了。应小红的母亲说话忽然缓和下来，不像连珠炮一样了，竟有些哽咽，说，我的担心你也知道。眼看着她这么要出息了，像梦一样，总怕再有什么变卦。

不要紧了！不要紧了！年代不一样了。

是啊，是啊，但是，我说什么也要让小红回上海去。

她说话的口气令人觉得那是个坚硬得无法动摇的决心，经过长时间的积累，终要水落石出，却不知道在何时，让人不自觉地握紧一个拳头。

应小红一直没有说话，抿着嘴。谷荔坐在她对面，大人们的话在她耳朵里听上去千篇一律，从一个耳朵进去，又自另一个耳朵悄悄地溜了出去。如果不是应小红，她早就离开了椅子，她想起第一次看见应小红时，应小红那像小鹿一样快乐的姿态，她很想问，那个男孩子是不是就是那个要去南方的人，是不是已经走了，那条喇叭裤有没有带走。

应小红的表情看上去很遥远，那种距离比海的水平线还要稍远一些，让人不知道跟她说什么好，好像即使能穿过浓雾也找不到她的身影了。谷荔的耳边于是响起嗡嗡成片的蜂鸣声，大人说话的声音像被一块海绵吸收掉了。

谷荔终于打了一个哈欠。静夜俱寂。她只记得应小红走的时候牵了牵她的手。

第二天一早起来的时候，小学校里已经热闹起来，昨晚无人的操场上有许多孩子起劲地咚咚跑着，太阳自薄雾里透出温暖的黄色的光线。谷荔进教室以前，侧着身子，沿小操场的边缘走了一圈，愈走愈快，后来就跑了起来，斜背的书包斜斜飞起又落下，打着她的身子，然后快乐地尖叫起来。

教室的黑板上方贴着“好好学习，天天向上”几个字，还有两张领袖的照片。谷荔坐下来，然后隔着一个教室朝小果喊，应小红昨天到我们家来了！

有人说老师朝教室走过来了，大家便咿咿呀呀、高高低低地开始念拼音。小果手忙脚乱地从书包里拿出书本，百忙之中回头，向谷荔一笑，表示她知道了。

小镇的日子一天天过去，谷荔有时有错觉，觉得自己好像自始至终都生活在这里，过去那些小朋友的影子开始变得模糊，而她也毫不在意。走在街上，人们逐渐认得她就是谷校长的孙女，就像认得小果是戚医生家的女孩儿一样。她享受着人们眼光里的温柔，好像领略某种特权一样，心情偶尔会觉得雄赳赳的，有点气宇轩昂的意思，好比春风得意。那是戚老医生所欣赏的磊落。

戚老医生已经退休，相当和蔼，说话却往往给人深思熟虑的印象，好像需要先把心里的某些东西仔细地衔接起来，才可以开口。他大部分时间在家侍花弄草，引来一院子的蜜蜂和蝴蝶，这个花园在他身上笼罩了一层光辉，让人觉得他这大半生的时间里即使丢失了什么东西也没有什么关系了，在漫长的一生里这当然是难免的，那些变得无影无踪的梦想还是以某种繁花似锦的形式出现了，说不上无憾，但终归是一项成就。不知道他自己是怎么想的。

小果有些顾忌她的爷爷，因为他对她的要求太严厉的缘故。他很早就替孙女设计好了走理工路线成材的目标，也设计了每天要额外演算的数学习题，他的有力的论据是，看看我那些学文的老朋友。

小果自己还没有到介意的时候，完全没有压力，吐吐舌头对谷荔说，只盼爷爷心情好了下厨做几味好菜。小果啧啧嘴说，那才叫好吃呢，好吃得不得了。

谷荔一再追问，到底是什么好吃的。

小果就努力地回想，说，很久很久没有吃了，有八宝鸭、荷叶粉蒸肉、炸响铃什么的。

谷荔失声叫道，那不是我们那边的菜？

小果点头，我爷爷也是在你们那个城市出生的。

于是谷荔总旁敲侧击，推测老医生的心情，一等就是整个春天。

春天将暮的时候，他们几个小孩子已经与应小红混得很熟了，甚至还到她家去过。那是沾了钧豪的光，当然也许是钧豪沾了孩子们的光也未可知。

放学的时候，钧豪总是与应小红一起走回来，先经过李家，小学放学早，谷荔他们已经做完功课，看见应小红就熟络地说，应小红要不要跟我们一起玩？

应小红抿着嘴笑，钧豪就说，不如在我们家做功课吧。

那时大人都还没有下班，李家的葡萄架已经爬满了绿叶子，三个孩子在院子里喊得震天的响，难得静下来就坐在一边看小人书。应小红的书包里总有新鲜好看的连环画，还有《小朋友》《好儿童》之类的杂志，好像一个百宝箱，永远没有中断的时候。

钧豪的话变得很多，有许多高谈阔论，有些事即使与小学生毫不相干，也拿来对他们讲，讲得青春铮铮地溢满一脸。

谷荔与小果则细心地、怀着很大的热情地打量应小红的发型，然后比画着让家里的大人给她们编一模一样的辫子，不动声色，彼此却心领神会，希望应小红也能够看出些端倪来。

应小红的话却不多，很多时候在微笑，微笑的时候相当有美感。

屋里只剩钧豪和应小红的时候，他们就低低地说着话，钧豪找来很多翻录的歌曲的磁带，都是些分外糯软的歌，与刚过去的年代迥然相异，因为新鲜，所以叫人的脸上发出光辉来，抑制不住地想要反复地听，好像可以由此追溯一些那个时代的慌乱的脚步。与每一代的中学生一样，他们都觉得是自己的时代来临了，一切仿佛都不太一样了。在这样的歌声里，生活看上去充满温情，而且明媚。

对于这一点，谷荔他们还没有时间察觉，只是一心一意地玩耍而已。

去应小红家就是在这样的日子里成行的。他们兴兴头头地跟着两个大孩子穿街过巷，好像远足一样。

应小红的家没有院子，在一家书店的隔壁，那是一栋木结构的老房子，她们住在楼上。在楼下抬头看，可以看见木窗子打开着，外面伸出来晾衣服的竹竿。楼梯也是木头的，很小，却被擦得一尘不染。

楼上的房间却别有洞天，木地板上了漆，打了蜡，家具很少，往往一件家具派多项用途，但却井井有条，露出一些雅致的韵味来。窗边的书桌上还放了一瓶花，是油菜花，色泽金黄，顽强地透出生命力来。应小红的房间在阁楼上，只有一桌、一椅和一张小床，铺着白底小花的小床罩。

应小红一直低着头，没有说关于屋子大小的话，但仿佛是有些介意，他们都很热忱地说他们喜欢她的家，说的也是实话。屋子虽简单，却透露出一种不屈不挠的城市气息，非要化腐朽为神奇不可。

他们没有在屋子里待很久，就下了楼，又走到街道上来。心中不知为什么都有点忧郁。街上有三轮车，自行车丁铃铃地驶过，有一点细细的灰尘。

他们站在车流当中，一时很难辨清自己要去的方向，于是遭到骑车人的呵斥。他们说，这些孩子，站在路当中干什么？

他们于是蓦地一愣，原来自己还是孩子，站在路上要走到什么地方去，恍然之间也迷惑不得其解。

谷荔的父母来信说希望可以早点完成工作，好接谷荔回去。谷师母说，啊呀，荔子回去了，那叫我们怎么舍得。

谷荔走过去，坐在祖母边上，一声不响，然后拖着祖母的衣袖说，我不要回去。话说出来，她自己也吓了一跳，立刻记起几个月前父母送她来的时候，自己的哭哭啼啼。心里七上八下地犹豫起来，不知道自己要不要为说过的话负责，委实不能作出决定，额上津津地出了点汗。

幸好祖母没有追问下去。天暗了下来，谷荔一个人闷闷地摸黑坐着，一个人左右为难，心里立刻觉得凄惶，这是从来没有的感受。

但是没有想到应小红比她走得还要早。

听到应小红的这个消息，谷荔有点心虚，就轻轻“啊”了一声退到边上去。小果则拉着钧威问到底是怎么一回事。

钧威气喘吁吁地说了个大概，应小红要转去上海念高中了，是她母亲的意思。

谷荔远远地问一句，什么时候走？声音听上去有点干涸似的，让她立刻抿起了嘴。小果看了她一眼。谷荔鼓着腮帮子，半天，才又问钧威，你哥哥怎么办？

男孩子傻傻地站着，说，我也不晓得啊。

应小红来告别的那一天，几个孩子很识趣地静静地在院子里玩。

应小红走的时候抱着一个纸包的大包。小果问，那是什么东西啊？

钧威悄声说，我哥装了一个收音机给应小红。

啊？两个小女孩的声音里充满了佩服和艳羡。

是去请教他们的物理老师才装出来的啦。

噢。

收音机可不可以收到你哥哥平时放的那些歌？

不行的啦。那些歌现在电台还不准放的。

应小红那天穿了一条薄薄的呢裙子，有宽宽的裙摆，衬衫的下摆就束在裙子里。她告诉钧豪，本来是她母亲以前的衣服。

她低低地说，这是她多年的愿望。总算实现了。我怎么好违背她呢？去了上海其实也是寄住在亲戚家里，没有户口，在她，那是第一步，不晓得有多高兴。

她不提自己的感受，钧豪坐在阴影里，一直盯着她的眼睛，但她却垂着眼帘，他想了很久，仍旧不忍心说出责怪的话。

他们坐着，没有放音乐，他眼睛里有很局促的不安和很大的渴望，可是好像被某种很大的力量压抑着，他怎么样也无法表达出来。

他说，上海是不错的，到底是个大城市。

她“啊”了一声，有点失望，可是自己也不晓得说什么。

后来，她说，到了假期，我还是会回来的。

男孩听了，好像振作了一些，终于还是只说了诸如一路顺风之类的话。

他们谁也没有流眼泪，但是心情差得不得了。

她站起来的时候，裙摆放开来，在他眼里就像一朵花一样，他甚至想，这一辈子，都没有办法忘记她此刻的样子了。

可是，这样的话他如何说得出口，他只是个十六岁的男孩子，刚刚听了几首情歌，那是一九八〇年，对于他这样的年纪，爱情是压力，沉重无比。

应小红就这样走掉了。在他们的生命中短暂地出现，然后，消失得像轻烟一样。

油菜花的季节也是在那样的时候不知不觉走远的，那大片的金灿灿的花突然不见了。谷荔擦擦眼睛，没法相信，世上会有东西在她不知不觉的时候消失，简直没有可能。

那天，后来，钧威没来由地说，明年，谷荔也要回去的，是不是？

谷荔点头说，大概吧。心中有点恨他道破天机，但又升起一些对大城市的想念，连应小红也回去了啊。生活真是矛盾。

钧豪把他的自行车从屋子里咣啷啷地推出来，接口说，迟早大家都要走的，这是自然规律。说得像负气一般。

出门的时候，车的龙头撞在小院门上，钧豪闷闷地将它拖出去，重新把好，然后一溜烟地跑远了。

三个孩子挤在门边上，将头伸出去，看他远去的方向，很有把握地说，那是应小红的家。

但是，他们错了。他没有再去找应小红，尽管他很想很想。他的车路过应小红他们家楼下，路过那个书店，路过海边一排排的房子，他一直以为自己没有哭，即使有泪，也是海风吹的。

小果安慰谷荔说，菜花没有了不要紧，这一片地方到了夏天马上会有萤火虫出现了。谷荔懒懒地提不起兴致来。

暮春午后，教室里飞进来一只蜜蜂。谷荔他们一班小学生正在做眼保健操，保护视力，闭着眼睛跟着喇叭里的节奏，一下一下，按着眼睛周围的穴位。听到“嗡嗡”的声音，谷荔悄悄睁开眼睛，眯成一条缝，找那只蜜蜂的踪影。

蜜蜂飞到小果那边去了，小果大概也听到了声音，就张开眼睛，两人目光相接，会心而笑。老师站在讲台上，气闲心定地说，谷荔，戚小果，闭上眼睛，保护视力是为了你们好。张开眼睛就没有作用了，不要前功尽弃。

谷荔在心中默念“前功尽弃”这个词，觉得深奥，但是朗朗上口，她正处在对四字成语感兴趣的时候，就把它记在心里，却打不定主意用它来形容什么好。

眼保健操做完，蜜蜂已不知所踪，春天在这样的一个午后正式地过去了。

春天走的时候，仿佛全身而退，自一个屋子里，迫不及待地撤出去，没有一丝留恋。

谷荔他们院子里的一缸荷花却终于自沉睡里醒来，开始竭尽所能变得姿态万千，荷花还没盛放，但每次走过的时候都有一股不可思议的清香。

星期天的上午，小果到谷家来，站在荷花边上，细声细气地说，谷校长，我爷爷让我来讨几张荷叶。

谷校长自窗口望出去，看见小果，乐呵呵地说，怎么，你爷爷又要做荷叶粉蒸肉？

小果笑容可掬地说，是。还有八宝鸭和西湖醋鱼。我爷爷让我请你们一家过去吃顿便饭。

好！好！难得戚老又要一展厨艺了。

谷荔兴奋地在厨房里帮着找剪荷叶的剪刀。

他们一行四人，穿戴妥当，两个小女孩在前，两位老人在后，出门上路。

校门外本来是金灿灿的油菜花，然而这个时候开败了的枝叶已经被人清理了大半去。谷荔昂首走在路上，觉得很不习惯，她还是想像以前一样自油菜地中间的小径上飞奔而去，自金灿灿的花的雨中跑过。没有了菜花的土地原来与别的土地一般没有二致。

路上有人与谷校长打招呼，说，谷校长，做客去啊？

是啊，是啊。

突然，谷荔拉着小果的手跑起来，然后在小路的尽头等她的祖父与祖母。

两位老人走得很慢。他们背后路的尽头是小学校门口的两株巨大的梧桐。

谷荔问小果，明年油菜花还会开吗？

小果很肯定地点头，说，一定，一定会再开的。

一年之后，果然如此。

但是许多年过去以后，长大的小果回到老家，却再也找不到那片油菜地了。

谷荔后来回过一次那个小镇，帮退休的祖父搬家。那次，小果去了外地。

后来，她们竟没有再见。

这就是所谓的时过境迁。

但说起油菜地，许多往事就浮出水面，她们都记得那张照片上的另一个女孩子。

那张照片摄于油菜花的全盛时候。

日子匆匆忙忙地过去了。

中学时代的爱情传说

我念过的中学在我们那个城市非常有名，学校的名字可以随时像名牌服饰一样被拿出来炫耀，青春期的男孩子或女孩子轻轻将那个名字说出来，好像握了一把带星星的魔杖，点到之处就熠熠生辉。这样的学校里总有一些高傲的人，因为不同的理由表现出一些矜持。在那样的年纪，矜持简直是一件武器，大家紧紧攥在手里，好像不这样就没法正常地长大成人。而有一些关于爱情的传说就发生在这样的背景之下。

那是二十世纪九十年代初，我们升入高中，老师上课的时候开始经常提到“高考”这两个字，这就是所谓的现实，但毕竟还没有近在眼前。时间把现实拉到了一定的距离之外，学校阅览室里最受欢迎的是《环球画报》《海外星云》这些一听名字就会觉得娱乐性很强的综合杂志。走出学校，电视广告里的女孩子戴博士伦眼镜，用飘柔洗发水，手里拿着玉兰油护肤品，广告里的男孩子于是露出惊艳的表情。电台里则传来欧美港台流行排行榜的音乐。一切有点商业化，但非常热闹，热闹得让人产生诸如我们的时代来临了这样的念头。

我们的父母大多是双职工，也就是说父母都在工作。那时正是私有经济刚刚起步的阶段，大家对于工作的普遍印象仍旧不外乎国有企业、事业单位、政府机关这些类别，也有同学的家长开始经商，所谓整个社会经济上的差距大概是从那个时候开始拉开的，就是有的人变得富裕一些，有的人则不，但那时候差别还没有特别的明显，况且我们也不特别在意。

记得那时，我们的早自习于每天的七点二十分开始，或者是七点十五分，如果是冬天，起床的时候天还蒙蒙地黑着。因为上学的时间非常早，我们的作息大都十分有规律。如果愿意，学习可以自早晨开始，在夜晚结束，或者说生活的全部责任就是管好自己的学习就对了，而家长或者学校老师的期待也不过如此；创造社会效益，有没有经济回馈这些事还不在我们担心的范畴之内。如果要说这样的生活单纯，大概谁也不会反对。在那样的日子里，长大成人这回事好像很远，说起柴米油盐来，大多数人不过吃吃而笑，有时嘻嘻哈哈地说："俗气！"即使心中没有真正对这些生活琐事不屑一顾。说话不过是一种姿态，可见无论如何那算得上是一种清澈的人生阶段，好像蛮适合开始一段单纯的带清香的恋情，但是世事往往没有那么简单。

像所有的中学生一样，我们花很多时间关注身边的人。每个学校都有几个特别受人瞩目的学生，有的是因为功课特别棒，有的可能已经开始显露卓越的社会交际能力，长袖善舞，可以讨得大多数人的欢喜。但其中的贾贾受人瞩目却不是因为这些，而纯粹是因为个人的魅力。她并不特别漂亮，功课不错，很平均，但这样的女孩子有很多，只有她能在人群中脱颖而出，让人一见就会想这个女孩是谁啊，有某种说不清的特别的东西打动了人。她不做什么特别的努力，但是人缘却很好。说起我们年级的女生来，大家都不会把她漏掉，大家说到才女、美女、体育明星之余，说不清楚她究竟是哪里出众，便含糊地把她归入气质独特的一类。

说起贾贾来，大家都会自然而然地想到顾峰。那时候如此，到了今天也还是这样，尽管今天的他们已经如两股反方向的风，再也没有交汇的可能了。然而，在社会舆论仍旧以犹抱琵琶半遮面的姿态谈论中学生早恋问题的当时，贾贾与顾峰的交往一直呈现一种公开的状态，那仿佛是一个奇迹，所以说舆论还是有包容度的。

他俩就像两个气质卓越的人，站在一起，让人觉得赏心悦目，于是大家渐渐习以为常，所谓规则就稍稍放宽了尺度，连老师也觉得没有拆散他们的必要。最初，也有人尝试开他们的玩笑，后来发现那并不起作用，没有什么值得好笑的，他们在一起这个事实渐渐变得理所当然，就像太阳总是从东边升起，月亮会带动潮汐一样。可是世事往往有意外的安排。

我跟贾贾并不是很亲近的朋友。那时的我正处于青春期的别扭阶段，无暇理会旁人的琐事。别人也许看不出我有什么不对的地方，但是我自己知道，就像平静的海面下暗流汹涌一样，孤独像失去控制的野草一样在心里拼命滋长。我本来有几个要好的朋友，为了一些半真半假的事，忽然之间彼此就不说话了，即使面对面也没法自在起来，干脆躲开了事，感觉好像眼睁睁地看着一些美妙的肥皂泡越飞越高，然后，“啪”的一声破了，大家就说，算了，不玩了。真是没有意思的结局。本来有四个人一起打发不上课的那些时间，现在出现这样的局面，就想找一个新的阵营安插自己，但是心中令人窒息的孤独一时成了交新朋友的障碍，于是就一个人皱着眉头别别扭扭地过了一个冬天。

青春期的尴尬并没有在冬天结束的时候消于无形，只是在春天开始的时候我捡到一个差使，同年级的苏迭来找我帮她办学校的文学期刊，我想了想就同意了。她是另一个有点奇妙的人，微笑起来就会显示出一种凌驾于生活之上的信心，而且大多数时候都在微笑着，不知道她保持这微笑的时候心里究竟在想些什么，这样有耐心地保持一个微笑的姿态真是不简单的一件事。

当时的校刊还是油印的，需要有人将字刻到蜡纸上去。她找到我，就是因为我能写一手漂亮的硬笔书法。她说，是蛮吃力的活，又花时间，你不介意吧？但是如果你有什么好文章要推荐倒没问题，自己的也行。

我说，应该没有问题。

苏迭走开以后，我站在教室外面的走廊里，趴在栏杆上看教学大楼下面的花园。花园里有个水池，中间有个鱼形的喷泉，整整一个冬天都没有喷出一滴水来。水池有点脏了，漂着一些冬天剩下的落叶，尽管这样，还是可以看见水中映出的天空，隐隐看得见几片云在水中移动。

一切没有什么特别新鲜的，我很没兴致地看了几分钟，但是在某一个瞬间，突然胸中好像有清脆的一记拍掌，就是双手很利落干脆地迅速合拢然后分开的那种拍手的方式。加入期刊社这个念头一下子在脑中变得清晰而且具体。我心中焦焦虑虑地生出一些期待来。

期刊社颇有一些有趣的人，但人事脉络有点复杂，简单地说就是一个人管了点事，就会顺带拉进几个所谓的亲信来，我与社里的人都不是很熟，找到我恐怕真的是工作上的需要。由于校方给了期刊很大的自由，以学生自主管理闻名，所以如果真的想做一点什么，这儿倒真的颇具备施展拳脚的空间，于是变得很吸引人。物以类聚，期刊社的人多少都有点共同的地方，对所谓潮流那一类的东西有比较敏锐的嗅觉。那时正是社会风气渐开，流行渐渐与外面的世界接轨的时候，身边的变化很多，但每个人总能找到一些共鸣的地方。期刊社那些人给人的印象就是将这些共鸣放大了，让人一目了然。换言之，那都是些时髦的人，言谈也罢，衣着也罢，散发出很强烈的全新的感觉，这样形容，简直像在做广告一样。

当然，社里真正的运作远没有外表看上去那样简单，也有一些小小的政治，光是选稿就有很多需要顾全的地方。校方未必真的宽宏大量，撒手不管，总希望能在期刊上找到一点正统的声音，除此之外剩下的部分就抱着实验的态度，但大家真正感兴趣的就是这块所谓实验的园地，所以往往为用谁的稿子这样的问题争一个头破血流。我本来只是做排版刻字的，但在社务会议上往往会被迫发言，要在相持不下的两方里选一边站过去，站在墙头两边观望这样省力的事情根本不可能发生。

在这样的会议上，我往往开始怀疑自己当初同意加入期刊社的动机，觉得有点滑稽。每个人都像一张撑得满满的弓，为维护自己的观点，即使彼此没有恶意，也要摆出随时要射击的姿势来。其实争执的根源也不是什么有战斗姿态的文章，大多关乎风花雪月，不过是有人喜欢牡丹，有人偏好玫瑰而已。总之，我在这样的争论中没有找到一点乐趣。

贾贾也是期刊社的成员。有一次开会的时候她坐在我旁边，会议开到一半的时候，她转过脸来，抿嘴而笑，招手做了个小动作，我便凑过去，她在我耳边轻轻地说，不要觉得不自在。他们就是这样，习惯了。关起门来大吵，吵完又勾肩搭背。每个人都觉得自己了不起就是了。

她说完话，就重新坐正，手中拿着一支笔，托着脸颊，一副专心听着什么的样子。顾峰走进会场的时候，轻轻推门再关门，他们四目相接，在喧喧的气氛里，露出很淡却会心的笑容，贾贾的手还是托着脸颊，看上去相当平和。就是那一种平和，在某一个瞬间突然打动了我，好像一种向往已久的东西突然像一眼泉水一样突突地冒了出来，我有点羡慕她这种平静自如的神气，于是由此于心中生出一些佩服来，连带她的生活，那时她的爱情，都让我产生一种仰视的感觉，立刻镀上定义为完美的一层光辉。

正是这样的光辉，好像有点热度，发射的时候产生距离，所以竟无法与她进一步深交、成为好一点的朋友，但是与此同时，我倒渐渐习惯了期刊社的作风。习惯以后不过如此，没有起初那么别扭了。我想自己心中其实也存在某种争端，没有说出来，就像上了弦的箭，虽然没有射出去，但是已经充满战斗的先机，所以就不能自在，无法像贾贾那样安详。

这样看来，我与每个人也没有大的区别，心中所谓的成见永远抢先一步走在理想的自己的前面，到有这样的见解的时候，我已经不再参加期刊社的活动，高中最后一年的时间都被高考复习占据了。

后来回忆，其实整个中学时代充满了这样看上去锣鼓喧天，但本质很简单的小事。时间流逝得很快，当时很介意的一些事，到了后来一下子变得无足轻重。十六，十七，十八，十九，二十，如无意外，谁都长大了，生活得好与不好全部像被放大镜拉到眼前一样，再不能为赋新词强说愁，因为对太真实的东西就无须这样矫情了。

当然，中学时代最后还是过去了，学校的校名曾经给我们带来的那种简单的满足感也过去了。时代和我们都顺风而驶，走到什么地方一般来说都有一种大势所趋的意思在里面。我们开始找工作的时候，国家统一分配那样的时期已经不再，不管顺利不顺利，除了有的人开始攻读更高的学位，大多数人也都开始工作了，仿佛所有的人一下子都脚踏实地起来，把做梦这样的事放到比较次要的位置。同学聚会的时候会说起爱情这些事，有人结婚了，也有人已经离婚了。

感情方面的事一向难以驾驭，没有什么道理可讲。说起这方面的失意的故事时，有人便说，就连贾贾和顾峰到了最后也没有能够在一起，这还有什么好说的呢。谁想到贾贾他们的往事被重提的时候，竟是作为一种反证出现的。

不管怎么样，大家还是很感兴趣地说，究竟发生了什么事情。大多带了一种遗憾的口吻，可见在大家的心目中他们是很般配的一对，至少曾经是。

从表面上看，与很多出了问题的爱情一样，双方中的一方在半路上突然爱上了别人，先前那种只靠个人感觉和口头承诺的感情就溃不成军了。那是发生在高中毕业前后的事情。那好像少年时代的一道彩虹，在大家完全长成之前，很决绝地离开天空，一点也不留想象的余地。大家吸一口气，说，人生有时候就是这样的。

顾峰结婚的消息也是在这样的同学聚会当中流传的。有人很肯定地说，不是那个女孩，当初与贾贾分手为的是一个人，而结婚的又是另一个人。顾峰留在了本市，有人去参加了他们的婚礼，谈论起来，就抓抓头皮，说，真的没有什么好说的，婚礼就是那样子。

大家说，贾贾在哪里呢？

贾贾倒是那个离开本市去外地升学的人，而且一直没有回来。真是没有想到的结局。

到这里，这个故事好像已经落下帷幕，没有什么好说的了。不论有结果，或者没有结果，爱情的故事总是有点千篇一律。

可是，我却又遇见了贾贾，那是在许多年之后，在一个想不到的地方，云南的丽江。我与她刚巧都去那里旅游。现在休假旅游几乎已经蔚然成风，许多小城由此冒出头来。过去在地理位置上有些偏僻的丽江，现在变得红火而且热闹得让人不敢置信。古朴的小城在经营上突然给人很西化的感觉，古老的土木结构砖瓦房，小桥流水，石板路，画廊，酒吧，网吧，西餐馆，纳西族人，中国游客，西方人非常融洽地凑在一起。大老远地从北京放下手里的工作，飞到昆明，再坐车翻山越岭到了这里，却发现原来离物质文化更加接近，真是非常不可思议。

是贾贾先认出我来，她从我身后将手搭在我肩上，用很平和的声音说，是小薏，是不是？

我手里正拿着一块绵长的蜡染布，一个朋友扯着另一端，一面看，一面抖动，宛然起起伏伏的波浪。老板娘指着蓝白的图案，嘟嘟囔囔非常流利地说着什么，背后是她满铺子悬挂的飘扬各色的布料，看上去居然气宇轩昂，那是她的生意，她的店，这样的感觉相当强烈。

这时候，贾贾的声音，好像穿过什么东西，从一个时空到另一个时空，抓着一个降落伞安然飘落。

我回过头看见她，还没有来得及发愣，她便说，我是贾贾啊。

没错，就是她，贾贾。这么些日子我几乎已经忘记她长什么样子，但是当她突然出现的时候，就把过去的印象找了回来，或者说一见之下没有特别陌生的感觉。

老同学见面的结果当然是找一个地方坐下来，何况又是在度假之中，没有别的紧急的事情非要即时处理不可。我与她都算是自助游，没有跟旅行团，而同行的人中间也没有所谓的另一半，只要打个招呼就可以有自己的安排。

这些年她一直在加拿大。我有点吃惊，不知道她走了这么远。她穿得很随意，T 恤加粗布裤子，一眼看过去，就像那些北美来旅行的学生。她的同伴也一样，一式学生的打扮，戴着棒球帽，书包巨大无比，挥挥手，用精力无穷的步伐走远了。

我们在石板路上并肩而行，走过一间间瓦顶老式木房子，各式的小铺子就在那些老房子里，琳琅满目地热闹着。有时转弯就看见细细一弯流水，于是就有石桥，也有垂柳。贾贾忽然说，这块地方叫做大研镇，你知不知道？

我说，是吗？不是就叫做丽江古城么？

她说，可不是？我也是待了一个星期才知道的。现在大家都这样，没有时间究根寻底，凑合着就行了。人已经在这儿了，一个名字有什么重要的。

她无可奈何地笑了一下，不知道是无所谓，还是有点不甘心。看上去没有特别开心，也没有特别的不开心。

静了一会儿，我们于是说，真是巧。一起开口，一起戛然而止，于是一起笑起来。这样子，我就觉得我们之间的距离近了一些。

刚好到了吃晚餐的时间，很多小馆子外面有写着当天菜单的小黑板。我们就近找了一家，吃的居然是意大利面，味道竟然很好，比我在北京几家连锁店吃的还要强；里面的装修也很花了点心思，木桌木椅子，很努力地要经营出原汁原味的气氛，而且所差无几。

贾贾说，我们到了这里，居然碰上另一拨也从多伦多来的人，汇在一起，中甸、香格里拉一路走下来，居然有的人就正式地谈起恋爱来了。这一路，再没想到，竟碰见这么多西方人。可是我真的很喜欢这里，与想象的不太一样，但是有的都是我想要的。自己到底想要什么，其实也不那么清楚，像现在这样，拿到什么都是好的了。

她说的这段话让我听得有点费解，不知道她究竟要表达什么。她自己好像也有一些类似的疑惑，就住了口，然后问我关于老家那个城市的事。我说想必变化很大，这些年我一直在北京，具体的细节也说不上来了。

她静静微笑，好像得到的正是期望的答案，她说，谁都离开了故乡，不知道是怎么搞的。

也有很多人留下来了啊。

也许吧。我自己走的时候，感觉好像把整个世界带在身边，再不用回头了一样。后来回头一看，好像背后的一切都已经凝固成形，终于发现走得太快了，连顾峰也已经结婚了。

啊？

顾峰，就是那时候……我的男朋友……你还记得吧。

当然，怎么可能忘记。我一面说，一面松了口气，说起过去的事，若要回避这个话题，心中总是会觉得尴尬。

怎么会忘记？她重复我说的话，低头，将头发掠到后面去抬头，脸上有一抹很顽强的笑容，非常甜美但是世故，她说，你相不相信，真的还是忘记了。

我皱着眉头，用叉将盘子里剩下的意大利面拨来拨去，然后还是将叉子放下，用餐巾擦嘴。贾贾隔着一个桌子，还是以刚才的姿势专心地看着我，使我不由得也摆出正襟危坐的姿势。

她好像在等我完成这一系列的复杂的动作，然后才会开口，说话的时候口气很平和，她说，真是奇怪。心里竟什么也没有留下来，没有感动，也没有愤怒，那样的事情竟然一点痕迹也没有遗落，即使想得起一些细节来，也是钝钝的，像别人的事，没有办法注入自己的感情色彩。

是这样啊？

她点点头，用一种鼓励自己也鼓励别人的表情看着我，好像说，没有什么事情了。风也过去了，雨也过去了。

我张了张嘴，心里想，真是想不到的结果。

她因为说了想说的话，脸有些红彤彤的，眉毛微微扬起，眼神像会说话，问是怎么一回事。

于是，我说，知道你们分手的时候，觉得相当相当的遗憾。谁都以为那是会天长地久下去的……

天长地久？她扑哧笑了一声，短促，然后戛然而止，接着眼睛忽闪几下，定下来的时候，已经看着别的方向。小馆子外面一批一批的行人走过去，大多是游客，也有穿着纳西族服装的本地人，背上背着藤筐，拉着头上梳着冲天辫子的小孩。

我在这时注意到小馆子里的音乐，那好像是一张收录了许多英文歌的碟子，许多根本不同年代、毫不相干的人的歌曲被放在一起，一遍一遍循环。屋子里有点暗，外面的光线显得有点白花花的，入口的门就像一个被镁光灯照着的舞台，有外国人走过的时候就觉得音乐有点贴切。而一个穿纳西族蓝衫的老奶奶走得很慢，在店门口站住，对着小馆子里面张望，表情祥和，她们都戴一种类似以前红卫兵帽子形状的蓝色的布帽子，帽檐下脸上的皱纹即使远远看过去，也有强烈的光与影的效果。不知道为什么，她的眼光定定地看着我们这一桌。我们笑一笑，她没有笑，却微微点了点头，像打了个招呼一般，又挪动了脚步。英文的歌曲还是在如流水一般固执地往前走，但是，我也没有觉得这与那个老奶奶的出现有任何的不贴切。

我看着贾贾，不知道为什么心中突然觉得有点辛酸。有一些东西来了，我们就接受了。就是这样。我不知道怎么样把这种想法告诉她。

侍者来添了一次水，问我们要不要甜点，问我们从哪里来，后来又走过来告诉我们他是美院毕业的，至于哪里的美院，他没有说，我们也没有问。他第二次来添水的时候说，他是来云南采风的，寻找素材，路过此地，就留了下来，一面打工，一面创作，已经有一年了。

我们静静坐着听音乐，这样编排杂乱的一张碟好像永远没有尽头，听下去，倒也别有味道，好像是听收音机。最乐衷于听收音机的年纪也是在中学时候，一边做作业，一边听欧美金曲龙虎榜这样的节目。间歇的时候，放卡彭特的《昨日重来》，说的是守着收音机，等心爱的歌的事。于是我们在六七十年代的歌声里找到了一些共鸣，然后渐渐谁也不大听收音机了，喜好变得快得不得了，就是一眨眼的工夫。

厨房里食物的香味不断地飘过来。小馆子里的电灯亮起来的时候，我们看见头顶的灯非常古老，有白色带荷叶卷边的玻璃罩，荷叶卷边的地方泛起一抹浅浅的红。

后来，音响发出一点沙沙的声音，我们以为它出了问题，它挣扎了两秒钟却又恢复了正常，那首歌是《太阳里的季节》，又是一首七十年代的歌：

Goodbye to You, My Trusted Friend. We' ve known each other since we were nine or ten...We had joy, we had fun, we had seasons in the sun…But the stars we could reach were just star fish on the beach...

（别了，我信任的友人。我们自小相识……我们一起享有过乐趣，还有太阳中的季节……但是我们曾经能触摸到的星星不过是海滩上的海星……）

歌词给人非常强烈的电影的感觉，有很强烈的故事性，使得我一直以为那是电影的插曲，而实际上不是。贾贾笑问，喜欢这歌？是加拿大的歌手唱出名的。我也喜欢，虽然太伤感了。那是一首告别的歌，充满死亡的哀伤。我曾经把它与死亡分开来，把里面的告别当做是普通的分别，结果有一个晚上听了一夜，听得泪流满面，真是很傻气是不是？

一点儿也不。

真的这样觉得？

是啊。

真是没有办法。真的希望有一些可以坚信不疑的事。她说完这句话就像怕泄露天机一般，紧紧抿上了嘴。

我们结完账，那位美院的毕业生问我们要不要签名，然后指着一面墙上挂着的一幅白色的布，布上密密密麻麻签了各种文字的名字，还有几笔就能画出来的漫画，看上去都是些挺快乐的图案。美院毕业生说，都是过路人，来，签一个，好玩嘛！

我们就接过他的笔，在布上找到空隙，像别人一样，写上名字，写上来自什么地方。我写了北京，贾贾想了想，写了我们故乡那个城市的名字，然后在边上画一个小小圆圆的笑脸。我们笑了一下，都没有说什么。

临走时候，贾贾突然回头问那个美院毕业生，你在这儿这么久了，学会东巴文了吗？

那人一愣，没有先兆地哈哈大笑起来，说，小姐，你真有意思。来，我教你几个字。他自收银机后面拉出一张纸来，画了几个符号一样的东西，说，这写的就是“我爱你”。

真是奇怪。“我爱你”这个词语永远会被人用来当做介绍一种语言的媒介。让别人用一种新的语言教几个字，除了“你好”，“再见”，往往都有那三个字。

什么是东巴文啊？我问贾贾。

据说是仅存的还在使用的象形文字，大概是这样。你在这儿再多转转，就不会不知道东巴文这东西了。

我们走过一个茶室，里面传来很浓烈的烤苹果派的香味，走上一级石阶往里看一看，一对情侣坐在门边的桌上，看样子在分享一个刚出炉的苹果派，配上一个冰激凌。冰激凌是方的。

贾贾在我身后轻轻惊叫出来，她说，冰砖！问我记不记得。她说，小时候最喜欢的冰激凌就是这种冰砖，方方的，奶味十足，其实别的也没有什么选择，可是就是觉得美味无比。可是现在竟然怎么也找不到了，各种各样别的口味的冰激凌，都比不上小时候的冰砖，记得是光明牌的冰砖，是不是？

我问她要不要叫一客试试。她却摇头走开了，嘟囔着说，一定不是小时候的那一种了。

夜浓烈些，走在丽江古城大研镇里，白天的集市已经安静下来，除了餐馆和酒吧，小店大都打烊了，木门掩上，小楼的第二层露出灯光，那是住家，窗子背后就是日常生活，柴米油盐了。

贾贾说，快要走了，要回到多伦多去了。那真是一个小城市。

小城市？

或者换种说法吧，一个干净整洁，一眼就可以看穿的城市，那种很现代的都市。

我们都有点明白，但又不是相当清楚，在石板路上踢踢踏踏地走着，然后分手。

不管怎么说，云南的丽江真的是一个奇妙的地方。后来回忆这次与贾贾的偶遇，不知道为什么，我一直有种错觉，好像在那个古镇的五花石铺垫的小巷子里看到了无比红艳的落日，圆圆的一枚，在小巷的尽头，也不忙着坠下去，但是漫天都是红霞，石板路曲曲折折，泛出一些光芒来，好像只要沿着它走下去就一定会到达某一个地方，不管是不是你想要到的那个地方，有时候目标就是这样被设置的，就是在路的另外一端。

我在云南遇见贾贾这件事在同学聚会的时候流传了一阵，被大家认为是一件神奇的事。最常见的问话就是，她看上去怎么样？

我想一想，说，很好啊。没有什么大的变化，还是一眼可以认出来的那种类型。

那次聚会，同学带来一些当年的合影，说要放到同学会的网页上去。同学会这种东西就是这样，常常会热一阵，又冷一阵，眼看声势小了，又有人变着法子找几个人聚聚，就又起死回生了。

做网页这个说法又吸引了一批人坐到一起。这个时候同学会的话题已经多了很多诸如结婚、买房子、安家落户这样的主题，真是没有办法，现实就是这样悄悄靠近的，厌烦这样的话题也罢，生活中果真有这些问题。

我将大家汇总在一起的照片拿在手里一张张地看，有一张十几个人的合影里有顾峰和贾贾，两个人站在一群人的中间，靠得很近，却表情严肃，与我印象中那个一直平平和和的贾贾有点出入，仔细看，顾峰的一只手搭在她的肩上。

这时，大家都说，袁林来了。我抬头，可不就是他。他在公司做得春风得意，每次聚会都以忙作为迟到的理由，这次也不例外。

他刚进门，远远地跟我打招呼，一面走过来，一面问，看什么看得那么仔细？然后将脑袋凑到我的边上来，仔细地端详那张照片，然后下定义一样说，感情这东西真是扑朔迷离。

我皱着眉头看他，他耸耸肩，说，不是这样吗？

袁林与我在中学的时候不算太熟，这几年反而变得很谈得来。然而是与不是的回答都不是能令我自己满意的答案。于是我只有也耸耸肩，继续看手里的照片。

他还是没有走开，过了一会儿，用一种带着强调的口气说，是啊，扑朔迷离！脸上有一种只要你听，我就告诉你的神情。

我正要开口，他却突然像改变了主意一样，很仓促地站起来，仿佛带着点歉意，说，我要出去抽支烟。

你抽烟？

他笑一笑，怎么，没想到？有损形象吧？语气里很明显地充满无所谓，站起来，掏出烟和打火机，就走了出去。

他一去就是半天，有人找他的时候，问我，刚才不是一直坐在你边上？我不得已站起来，说出去看看。

在走廊里拐了几个弯，就看见袁林一个人对着一面玻璃窗站着，外面是城市夜景，远远近近都是灯，有点下雨，让景致变得氤氤氲氲的，倒也很有点味道，好像很值得看一看的样子，但他一个人站在那里，气氛就有点儿不对，周围空空洞洞的，好像即使看着窗外，也不见得看到了什么的样子。

他看见我，问，找我？

我点点头。他说，再站一会儿吧，里边太闷了。然后忽然问我，你真的在丽江碰到贾贾了？

我一愣，想，原来他吞吞吐吐不过为这个原因，这又何必？

他连忙说，表情那么怪？你可别瞎猜。

没等我回答，他又问，中学时候的事情，你记得的还有多少？

你是说顾峰跟贾贾的事？

他想了一想，然后开口，听上去好像开始说一个故事，我几乎没有插嘴的余地，他说了几句，我就放弃了开口的打算，他滔滔不绝地说下去，我听了几句就有点疑惑，原来这些日子虽然他与我好像无话不谈，却原来还是在心里存了很多东西。

这是袁林说的故事。

顾峰和贾贾的事，当然大家都记得。不瞒你说，那时候，我对他们的事一直处于颇为关注的状态，也说不清楚是什么原因，大概在中学里，大家都会对已经有男女朋友的人多看几眼吧，有类似为什么他们有，而我没有那样的好奇，至少我是这样的。

对于贾贾我还是很欣赏的，当然也没有要把她从顾峰身边抢过来这样的念头，相反，倒一直觉得他们这一对挺好的。而我自己也没有过要找一个女朋友的想法，也没有给女同学递过纸条，整个中学时代，这方面的事情可以说乏善可陈。唯一动过的念头大概是，假如以后能遇见一个像贾贾这样的女孩子，我一定会追她，自己也不太清楚那个“以后”具体指的是什么时候，大概是指升入大学之后吧。

话说回来，你还记得我们高中最后一年，保送直升大学的名单吗？大概有十来个。顾峰是那年名单上的最后一个人，然后是我，我的后面是贾贾。我想一般的人能记得前三名已经不错了，但实际上竞争最激烈的倒是最后的几名，因为差一个名次几乎就意味着截然不同的人生，进入保送名单就可以轻轻松松地过最后的一年不用参加高考，否则就得继续整整一年没完没了的复习。我们的总分相差不多。不管怎么样，这就是当时的名次，顾峰，我，贾贾。顾峰刚好挤进保送的行列。我和贾贾都要参加高考。

但是事实上不应该是这样的。怎么说呢，顾峰在某一次考试中作弊，看见的人刚好只有我和贾贾。事情巧得不像是真的，对不对？可是就是如此，叫人一点儿办法也没有。

那是在最后一次考试交卷的时候，顾峰看了课桌里的笔记，然后修改了试卷。我与贾贾的位置一前一后，刚好与他隔了一条过道，我们把卷子正面朝下放在桌上，同时起身离座。贾贾看见他的动作，然后下意识地回头，就知道我也看见了。记得她轻声“啊”了一声，顾峰刚停下手中的书写，抬头看见贾贾，立刻两颊通红，然后也看见了我。我记得很清楚，顾峰的脸变得很红，而贾贾的脸色不知道为什么有些发白。我没有跟他们说话就走出教室了。

可能也不算是相当严重的作弊吧，但是作弊就是作弊，说出来，就足以把他保送的名额取消了。保送名单公布以后，我就这么想。

本来顾峰占的那个名额也并非我心目中最理想的学校，但高考这种事当然能避免就最好了，况且那也是本地数一数二的学校了，所以知道这样的结果以后，我就非常懊恼，当时几乎已经决定去找老师谈一谈。

是贾贾主动来找我说话的。她红着脸，声音很平和，说得很清晰，意思就是顾峰会主动放弃那个保送的名额，而无论如何请我不要主动提起那件事。

她说完这话，脸更红了，样子倒真的很可爱。我想了一想，一面观察她的表情，她看上去竟然非常不安。我也知道这样的事情说出去，自然有很不好的影响，保送不必说了，恐怕也会影响高考录取吧。

我说，能像你说的那样解决倒是最好了。

她低声说谢谢然后回头就走了。我心底有些失望，看她走了几步，又回头，扬声对我说，可以保证吗？

我心底失落更甚，但仍旧大声说，放心吧，保证！

那天之后，我又想了想。当时每个人都在谈论高考志愿，大家都知道顾峰和贾贾的目标正是顾峰被保送的那所学校。我对自己要不要留在本地忽然产生了一些怀疑，想了整整一夜，忽然觉得那也许是天意，我或者应该到外地去闯闯，凭自己的实力应该有挺大的把握的。我想，那样子的话，顾峰让出来的名额就刚好给了贾贾，看上去也顺理成章，凭顾峰自己的能力也不会考不上那所大学的。

可是后来，日子一天天过去，顾峰并没有提出放弃名额这样的事来。我有点奇怪，却也不好意思去问贾贾，可是无意识当中就会对他们比较注意，所以就有意无意地听到了他们的一次争吵。

那大概是某天上体育课，男生这边缺了顾峰，我张望操场另一边的女生，好像也不见贾贾，于是就自告奋勇回教室去看看。他们果真还在教室里，我承认我是故意放慢脚步在教室外面听他们说话，他们的谈话好像也快结束了，听见贾贾说，你这样叫我怎么跟别人交代？你是想让我去告诉老师吗？要知道，你跟他就差两分……

我站在教室外面想，如果自己是站在顾峰的立场也真是要命。早知道还不如不偷看笔记了，那多的两分谁知道是不是从这上面来的。

顾峰先走出来看见我，没有说话就小跑着往操场那边去了。贾贾倒是一愣，不知说什么好。

我说，不上体育课去？一起走吧。

她点点头。我们一面走，我一面把前几天自己的想法告诉她，说，顾峰的名额刚好可以给你，这样多好。她一愣，勉强笑了一下，说她和顾峰早就想好了要一起去那所学校的。

我现在想，当时我说了这样的话，大概是有意的吧，很刻意地想给他们制造一点难题。她当时勉强一笑，真的还给了我一点快意，真的不知道自己是怎么一回事。

后来的结果，也没有什么结果吧。作弊的这件事我们谁也没有提起，顾峰也没有放弃保送名额。高考发榜以后，贾贾去的竟然是外地的一所学校，与我的刚好在同一个城市。

大家都觉得很奇怪，说，顾峰和贾贾是怎么了？

我像保证过的那样，什么也没有说。

贾贾是大学二年级的时候出国的。其中那两年，我约会过她，被她拒绝了。我问她为什么？

她说，与你在一起，总有一种被审判的感觉。

她这样说，我至今有点明白，又不是很明白。顺便说一句，贾贾考上的那所大学其实是我的第一志愿，考试的时候发挥得不好，结果退而求其次上了另外一所，放榜时倒真的后悔了一阵，要不是知道她也考到那个城市去了，真不知道会有多懊恼了。

当然，还是没有什么结果。

我听袁林把故事说完，觉得好像整个晚上都已经过去了一样。倒是他拍拍我的肩膀说，都是过去的事了，别太当真了。

走了几步，袁林像想起什么一样，对我说，你相不相信，贾贾对我说过这样一句话，她说，我把她的世界都粉碎了。你相不相信，不是顾峰，居然是我，是我把她的世界粉碎了。

过一阵，他又嘟囔着，那么，我的世界呢？是谁把它粉碎的？

我不知他是不是需要安慰，转身看他，他却笑眯眯地好像没有所谓的样子。

我们回到室内，音乐还在放着，但大家都在聊天。照片被堆了一桌子。

袁林把手里一直把玩的一只打火机放进口袋里，然后跟我一起把照片整理成一叠。

我说，你知道吗？我一直不知道你开始吸烟了。

他愣一下，反问，是吗？一面扬一扬手里的照片，不知这是不是算作回答。

照片中的我们大都别着校徽，昂首挺胸。有人忽然问，有谁还有当年的校徽？

他的声音很大，以至于很多人一下子刹住正在谈论的话题，有点面面相觑，然后大多摇摇头。嗡嗡的谈话声于是很快又回来了。

我自己也已经无法记清自己的校徽被扔到什么地方去了，心中有点诧异。多年前，那仿佛曾经拥有非常珍而重之的地位，将它别到衣衫上去，脸上就有些熠熠生辉，所谓的骄傲不过如此吧。后来，不知发生了什么事，骄傲再不是一件随时可以被别上衣衫作为证明的东西了，于是，有一些东西就被我们悄悄地丢弃了。

有人问，谁要唱歌啊？怎么没有人点歌。到这儿来，不唱歌，干什么啊？

那一首歌的音乐响起来，竟然是《童年》。

真是要命。长大成人就是这样的一回事。

不知怎么的，我与他的手里被塞上话筒，于是，我们开始一起唱《童年》这支歌。

早已远离童年了。

蝴蝶秀，似水流年

我第一次看见她是在一个严冬。那一年我们那个城市结结实实下了一场雪。我们踏雪去学校，邻居小胖指着她的背影叫我看，说那是他们年级公认的美女。小胖喊她的名字，于是她回过头来。我看她一眼就目不斜视地走过去。那年我高二，小胖才初二，我有我的矜持，况且我也不认为她有惊人的美丽。可是那天相遇的一幕不知怎么在我的记忆里长存了下来。她梳马尾的背影，雪地上深深浅浅的脚印，以及她回首刹那的惊鸿一瞥，常常在与少年时代有关的回忆中出现。那真的是个严冬，所有的人都裹得严严实实。

小胖爱上了她。我念了大学以后，回家度假，小胖在每一个假期都将她记在心里，常常将她反复提起。她是他中学时代的阳光，他说他爱了她整整一个少年时代，他告诉我她的名字叫苏迭。那时，我将他当做一个小玩意儿，说过的话像吹过的风。

苏迭走的那年，小胖惶惶然如丧家之犬。他问我要不要告诉她，要不要告诉她。他是问要不要告诉她他是这样地爱着她。那是个盛夏，空气濡而湿。我们站在我家的阳台上，知了叫得声嘶力竭。突然小胖大叫苏迭的名字，楼下一个穿花裙子的女孩站住，仰起头朝我们这边看。小胖两手攀住阳台的栏杆，上身几乎倾了出去，他开始滔滔不绝地对楼下的那个女孩发问，不管有没有回答，大声地不停歇地说话。苏迭站得长身玉立，并不开口，只用手势作简单的回答。她的一袭黑底的花裙在声声蝉鸣里热闹得轰轰烈烈，而她却像一只安静的蝴蝶。我突然觉得她其实对发生的一切都心明如镜，可她像只蝴蝶一样，只打算在每一朵花前稍稍振翅，眷顾却又不屑一顾。小胖的爱看来得不到回应了。那是个黄昏，我陪小胖看那个女孩子走远，漫天晚霞，小胖沉默不再说话，他的悲伤仿佛惊天动地。我忽然怀疑自己也许没有真正爱过。

那个夏天过去，苏迭去了美国，小胖进了大学，我却大学毕业了。我突然发现自己曾经拥有的优越感在逐渐消失。小胖他们的青春好像刚开始，一发而不可收拾；而我却面临人生现实的种种，觉得精疲力竭。许多人恋爱，接着婚嫁；许多人大张旗鼓地办出国。有人快乐，有人悲伤。我没有明确的计划与目标，与很多人一样进了外企工作。那是我情绪低迷的一段日子，觉得自己是芸芸众生中的一名，但又不甘心，忙得焦头烂额，却又怀疑有没有价值。

大学生活很适合小胖，他仍不介意我们叫他小胖，可是如今的小胖已经可以让人暗暗喝声彩了。我去过他的学校，看他主持的一台晚会，他是风云人物，举手投足小有风范，晚会来的全是些时髦的漂亮孩子，气氛好得很。他还像以前一样叫我林大哥，带他的女朋友来给我看，女孩子叫小历，也是爱站在风尖上的人，蹦蹦跳跳，快快乐乐，很得人缘。

我问小胖，学习不忙？

他说，林大哥，你知道我不是用功的人。

我笑了。这就是小胖，心中像长着草，许多主意，只是不能静心念书。

小胖在人群中看小历，小历那天穿了件黑毛衣，下边穿一条黑裙子，裙摆上有一团团的花，浓得化也化不开。

我说，小历看上去是个不错的女孩子。

小胖却没有说话，人声嘈杂，他安静地站着，一手扶在墙上，手指微微打着节拍，好像心中有一首歌，却不足与外人分享。我发现小胖长大了，他不再把自己的爱情当做宣言。人群中忽然有人起头一声一声有节奏地叫“范小历，范小历，范小历”，接着有人把“程立，程立”的名字加进去，一时所有的人又是拍手又是跺脚，不亦乐乎。程立是小胖的名字。他站直身子，拍拍手，笑着对我说他们又闹了，我去去就来。不知为什么他踌躇了一下，走了一步，又停下来，但没有转身，他说，有时候，有一些事，一个人自己也是不明白的。

我还没有反应过来，小胖已经走到人群中去，与小历会合在一起，有人将麦克风塞在他们手中，有伴奏的音乐响起，两人大大方方地唱起来，是一支快乐的爱情歌曲，所有的孩子也像感染了那份恬美，安静下来，轻轻地拍手、和音。小胖转头朝我挤眉弄眼。他们都爱模仿歌星的歌，唱得有模有样。

唱歌的小历转了一个圈，然后又一个，裙裾上的花一次次盛放。每个女孩都有像蝴蝶的时候。我就在那一刻忽然想起一个遥远的夏天晚上小胖的悲伤，不知道他自己是不是忘了，抑或深埋心头。日子真的像脱缰的马，有时不可驾驭。

那次分手后，我有很长时间没有见到小胖和范小历。我在北方的城市工作，他们还在南方的城市继续学业。小胖有时候给我发电子邮件，常常是只字片语，也不清楚他究竟在忙什么。有一阵子，他说他花很多时间在互联网上。那个时候，网吧突然遍地都是了。新一代的少年与我们那时有些不一样，他们穿着时髦，说话张扬大声，流连在网吧，有时说些不负责任的话，活得轻松而且快活。可见小胖与我都比他们大了一辈，但不知谁的快乐多一些。我想念南方那个我成长过的城市，但想必现在那里也充斥着一样的青春跋扈的少年。但游戏的年纪已与我远离，我每个星期工作六十小时以上，公司与我商量可以推荐我去国外念书。一切按部就班似乎逐渐柳暗花明，但我却感觉是身不由己走到这一步，不知是不是自己真正想要的，所以没有太大的骄傲和快乐。但家人对这个消息欢欣鼓舞。

这时候小胖打电话找我，他是无事不登三宝殿的人，开门见山告诉我，她回来了，要到你那个城市，帮我招待她。

我正想问，她是谁，但不知为什么，话没出口就意识到那一定是苏迭，心中诧异，便问，怎么，你这些年还与她有联系？

小胖一怔，说，你知道是她？对，是苏迭要回来了。接着他叹口气，说，都是互联网，不知怎么恢复了联系，也不知是好还是坏，本来以为会忘了她。现在可好，是剪不断理还乱。

他这就是在说笑了，我问，你呢，过来么？

小胖说，不行啊，我走不开，学校里一大堆事。做学生就是这点不好，没有自由。林大哥，别说不帮我这个忙。

我就答应了，然后想起了那个冬天初遇苏迭的情形，我已经记不清她的容貌，只记得她梳着马尾的背影，穿得鼓鼓囊囊的样子，后来她在一个夏天以一只蝴蝶的姿态出现，我也只记得起那袭裙子的样子，她的容颜我还是不能想起来。

我问他，小历怎样，向她问好。

小胖笑嘻嘻地回答，向她问好没有问题，但是林大哥，我们已经分手了，我们现在是普通的朋友。

我“啊”了一声，哑口无言，小胖却仍有兴致与我开玩笑，说，林大哥，倒是你，什么时候可以见见嫂子。

他语调中没有半分伤感惋惜，显然并不愁寂寞，所以我无话。小胖大约觉察到我骤然的沉默，便说，学校里的分分合合多得很，林大哥你也不是没有经历过。有些事都是身不由己的。但是，你放心，这件事跟她没有关系。

我更不知说什么，只道，小胖，你说的都有道理。

小胖又说，隔了这些年了，还有许多的事，这么远的距离，我与她不会有可能了。

我全然没有提到她，但小胖一开口还是说到她身上了，就与多年前一样。

我与苏迭通电话，她的声音与我想象的不太一样，有些孩子气。她说，好，我们见个面吧。你熟悉这儿，不如你选个地方。

我说请她吃饭。

她大大方方地说，好的，那谢谢了，可是，林大哥，可不可以请我吃火锅？

我笑了，说，当然好。

苏迭出现的那个傍晚，京城刚下了一场雨。她穿了件白裙子，斜斜背着一只小包，头发束在后面，有一张晶莹的脸，眼睛明亮，整个人很清澈，年纪看上去比实际小。她的笑容太好，好得叫人想起少年时代来，我不知怎么心一下子软了，脸上也出现了许久不曾有的一个微笑，这个微笑持续了一个晚上。苏迭与我想象中的不一样了，可是因为有先入为主的印象，她举手投足，依旧翩翩似蝴蝶模样，不再是只花蝴蝶，没有了张扬的样子。

苏迭说，程立说我可以叫你林大哥，你不会介意吧。

我说，怎么会。

她说，我们以前是见过的，对不对。你是程立的偶像，他人前人后常提起你来。

我有些意外，说，这我倒不知道了。

她轻轻笑，说，男孩子都是这样的，这些话他当然不好意思跟你说。不过他也常说，像你这样有毅力，一步一个脚印的，他是有心要学却也学不来的，因此你更是他的偶像了。

我说，呵，这不知是恭维，还是揶揄了。她就笑了，露出一口贝齿，却不再多说。她的口气一下子又变得很老练，像骤然年长了几岁。

她说，程立是个有趣的人。

我问，你们这些年都保持联系？

她笑着说，有一天突然收到他的电子邮件，一来一往，倒比以前在学校时更熟了。程立有一个个人网站，有一张他的大照片，看上去相当帅，不知他本人怎么样了。

我说，改天也要去看看他那幅照片。

我问起她在国外的生活，她笑道，生活在哪里都是一样的。

我以为这是她的托词，可是她接下去说，学生的生活都是那样的，乏善可陈，却又充满乐趣，人也很不容易长大。

我细细打量她，觉得这个女孩子应当不如外表那样单纯，可她很懂得自谦和自律，与她说话是件快乐的事。

她很喜欢吃火锅。

我说，看你的样子，想象不出你那么能吃辣。

她说，林大哥，你怎么能凭外表看人呢。

然后，她笑嘻嘻地抱怨，外国的假期开始得早，现在回来，同学都还没放假，但等他们放假了，她就要回去开始暑期工了，人生常常这样不凑巧。

她与小胖一样，看似漫不经心，但说话偏偏常有点睛之笔。有时候，在心底，我把他们当做孩子，可是，其实他们已不是了。

那次，苏迭还是碰见了小胖。她顺道南下，途经小胖的那个城市，然后回去了，可是小胖自此没有与我联络，直到我办妥去纽约哥伦比亚大学念商业管理的大小事务，回到老家与父母及亲朋告别。

小胖的妈妈来我家串门，两位妈妈絮絮叨叨有许多话说。小胖的妈妈看见我，就说，一直要小胖学习他林大哥，他偏偏不听。现在整日交女朋友，不用心念书。你说他几句。我的话他不听的。我不喜欢他的那些女朋友，一个个像花蝴蝶似的。嗨，这都是儿女债，想管也没法管。

我看见的小胖还是与往日没什么两样，但是学会了喝酒，而且酒量很好，喝了酒与没喝酒都是笑嘻嘻的，很招小女孩子喜欢的样子。他总跟一群朋友一起，吆三喝四地出去。那群人里也有范小历，而小胖现在的女友是一个化妆很浓的女孩子，很艳丽，很招摇。我笑了，难怪小胖的妈妈会颇有微词。

范小历过来与我打招呼，说，很久不见。

倒是我有些尴尬，她像没事人一样，说了回闲话，后来对我说，你劝劝小胖，他最近太玩世不恭了。

我说好啊。心中惊讶，本来在我眼里，他们这群孩子全是不知天高地厚的人，我对小历有些另眼相看。她一直坐在我旁边，我们看着小胖与他的新女友甜蜜又亲热地坐在一起，小历心平气和地说，他这样又何必，也不见得是真的快乐，他不是有个女朋友在美国么？

我很惊讶。小历也许是因为也喝了点酒，虽然话中听不出醉意，但脸红红的，她说，林大哥，你别笑我。我是不该管小胖的事了。可是，在这里。她指一指心，在这里，我还是放不下他。

我按住她的杯子，说，小历，不要再喝了。

小历的脸忽然更红，果真不再喝，却也不再与我说话，我觉得是我的言语得罪了她。我忽然觉得有点荡气回肠，这些孩子对感情看得这样重，不知是天真，还是成熟了。我不懂安慰人，所以也没有劝她。

我对小胖说，小胖，你真的喜欢人家，就好好念书，追到美国去。

小胖有些酒意。我忽然后悔不该在这种时候跟他说这样的话，但说过的话是收不回来了，这果然引出他一大串话来，他说，林大哥，你的想法怎么这么古老，你真的以为书中自有颜如玉么？还有，苏迭与我没有关系，一点关系也没有。我与她永远，永远，永远也没有办法在一起了。我们是不一样的人。

我吓了一跳，还没有看到过他这样失态的样子。连忙说，小胖你怎么了？

他倒安静了下来，看着我说，林大哥，有些事不消说外人看不清楚，自己也是看不清楚的。我是喜欢过苏迭，但是我不知道我喜欢的苏迭，与现在的她还是不是同一个人，而我喜欢的是哪一个。我喜欢直接的爱情，她喜欢捉迷藏；她要的是长达一生的承诺，我不过要此时此刻说的一句话；我要的她没有，她要的我也没有。

我说，小胖啊，这些都不重要，重要的是认认真真地做人。

他说，什么是认真？林大哥，你以为只有像你这样刻板地生活才是认真地做人？你应该管好你自己的生活。

他一句话立刻堵得我无话可说，我想我是托大了。小胖现在已经是大人了，已经与我平起平坐，我其实不再是他的大哥了。

第二天，小胖打电话给我，说，林大哥，我昨天醉了，是不是说了不该说的话，我自己都想不起来了，你别往心里去，好不好？

我叹了一口气，说，好的，小胖，保重了。今后保持联系。

我知道那个少年时代对我无话不说的小胖将一去不复返。

我走之前的一天，在街上碰见范小历，她把头发剪得很短，穿了件白色T恤，一条深蓝的牛仔裤，新鲜得像个春天的小动物。她隔了一条马路主动喊我，说，林大哥，怎么还没走？

她身边站着一个与她穿得一模一样的高大的男孩子，搂着她的肩，那不是小胖。

她大声地说，保持联络啊。我点头，然后也大声与她挥手作别，然后发现其实我没有她的联络地址或电话。

而我的新生活开始了。纽约比我想象中更容易让我适应。渐渐的，我觉得生活还是逐步进入到我所希望的轨道中去了。

有一天，在朋友的聚会上，有一个女孩子走到我跟前来，说，林大哥，还记不记得我？

我抬头，欢喜溢于言表，我原本知道苏迭是在纽约，可是没有想到真的会在这里碰见她。她说，林大哥，既然来了，怎么不跟我联系？

她忘了其实她没有给过我她的联络方式，但我还是很高兴。

主人要过来为我们介绍，苏迭说，我们是认识的。多年没见，想不到在这里碰面了。

主人说，真是个细小的世界。

苏迭穿了一身黑衣服，头发披在肩上，容颜没有什么变化。

苏迭说，林大哥，你既然让我们遇见了，今后经常跟我们出来玩吧。你别担心，我们不会玩疯的，我知道你不喜欢那些，我们不过是朋友们聚聚而已。

这次，我们交换了电话号码。那个晚上，我乍眼看去，觉得苏迭是这些女子中最出色的一个，她不是个绝色，然而，举手投足像一只翩翩从容的蝴蝶。我不禁佩服小胖的眼光，虽然，少年时的苏迭未必是这个样子。

大冬天的时候，苏迭打电话给我，问我要不要去看自然博物馆的一个热带蝴蝶展览。我说好啊。苏迭说，快出来吧，我们有好多人一起去。今天是最后一天了。很美丽的，都是从热带运来的名贵的蝴蝶，在一个花园里面，飞来飞去，听说伸出手去，它们会停在你手指上。

我说，好啊，好啊。这就出来。

自然博物馆在中央公园的西边。那天寒风凌厉，我从地铁里出来，就看见博物馆门前，长长的有一支队伍，足足有一英里那么长，穿制服的管理人员指给我看队伍末端的方向，拍拍我的肩说，祝你好运，要排整整三个小时的队呢。这该死的冷天气，是不是，但今天是展览的最后一天了，祝你好运气。

我找到苏迭他们的时候，他们站在队伍末端那儿，每个人的鼻尖都冻得通红，朝手心哈着气，跺着脚。苏迭挥手叫我，让我与他们会合。她裹在一件黑大衣里面，脖子上厚厚地围着一条围巾。我心中一动，又想起那个第一次看见她的冬日，那个冬天，每个人也裹得严严实实，像还在沉睡的毛毛虫。

队伍行进缓慢，人人都在聊天。我问苏迭，可有与小胖联络？

她说，你是说程立吧。他不愿与我联系了呢。好久没有消息了。她浅浅笑着，口气像在开玩笑，但我知道她说的都是实话，而且坦白。

她侧过脸，似笑非笑，有种惊人的妩媚，我有些惊呆，她沉默片刻，然后很快地说，程立一直以为我是另外一种人。他喜欢的是蝴蝶一样的女孩子。我想我不是的。或者我也不知道我是怎样的人。

我一怔，难得她说了这样推心置腹的话，她看了我一眼，说，林大哥，你别见怪，我一直当你很熟了，才这样说的。

我点点头。我还是坚信这个女孩子从一开始就什么都知道了。

她开始说别的事。

下午时分，愈晚，天愈冷，同行的有几个女孩子开始猛烈地打喷嚏，开始找纸巾。队伍还是看不见头。

有人提议放弃。大家都说失望，原来要看蝴蝶是这样难的一件事。

苏迭抱歉说，对不起，本来是要你来看蝴蝶的，却什么也没看到，白挨了一场冻。

我说，这有什么关系。重要的是出来了，不如喝咖啡去。

我们在咖啡馆坐下，让身子渐渐暖回来，窗外看得到蝴蝶展的巨型广告牌，有翩翩的蝴蝶振翅。它们其实近在咫尺，可是听说蝴蝶的生命都只有一季，不知这此后它们是不是让生命变成花的灵魂了。传说中似乎是这样的。

似水流年的日子，每一个春季，都有蝴蝶翩然起舞。我们每个人都见过蝴蝶的样子的。可是蝴蝶是色盲，它未必看得见自己的颜色和姿态。

苏迭不知与别人说着什么，伸出手去，手指在空中微微扬起来。我想起她在电话中说的话，如果你伸出手去，它们会停在你的手指上。她依旧有天真的表情，我想，我还是比她老了一辈，就像小胖说的那样，我过的是刻板的生活，而他们不是。

苏迭的手机响起来，之后，她对我说，是我男朋友，他一会儿要过来，我介绍你们认识。她的表情就像对兄长撒娇的样子。我含笑点头。

那个男孩子到的时候，天开始下起雪来，他抖着一身雪花进来，用手掠额前的头发，然后抬头与大家打招呼，与我握手。我立刻惊呆，因为这个男孩子有与小胖一模一样的眼睛和笑脸，只是多些沉稳。我心中似乎有什么东西重重坠了一下，然后还是含笑与他握手。

苏迭隔着一张桌子朝我微笑。我明白了，其实在众人之中，只有她最了解这段青春岁月中发生了什么事，可是她将永远也不会承认。

窗外的雪越下越大，我依稀听到小胖略带紧张地说，就是她，她是我们年级公认的美女。后来，他又说，林大哥，你也知道，在学校里分分合合是多么平常的一件事。

我怅然若失，但不知道最后怅然若失的人怎么会是我。窗外，大雪如幕，蝴蝶们都在睡觉。小胖与苏迭还是错过了。

告别萨斯堡

她低眉浅笑，眼风自睫毛下飞过来，看他，好像在邀请他的追逐。于是他动心了。可是，他有很多犹疑，况且爱情这个游戏，也是奢侈的吧。这样的犹豫，渐渐把空气稀释，一切变得索然无味。而对于她来说，等雨停了，就是告别萨斯堡的时候了。人生路上，能停留的也不过寥寥几次，能等待的时间也不过那么多。

他在萨斯堡看见她的时候就记起他们在维也纳的偶遇，她也立刻想起他来，两个人就一同笑了。萨斯堡的街道窄而小，人又多，把他们远远隔开，但等人群走过去，他们还是在原地维持着一样的笑容。他们就是这样认识的。

那是个雨天，街上伞接着伞，她的长发沾了湿气，愈发显得卷曲，而一张脸却分外明媚鲜妍，在被雨水冲刷得灰蒙蒙的街道中间生动得不像是真的。他记得那时自己心中突然变得柔软，有种仿若婴儿时代的感觉徐徐随着雨势而来，周围的空气变得纯洁而清新了。对这样子的感觉，他唯有以为自己是恋爱了，出乎意外，然而真实，起码是这样的。

这样的感觉如果能永远持续就好了。

她是怎样的一个女孩子？在一切过去之后，他反而不太确定了。而至于他自己，他想他又回到了原地，孤独和寂寞还是如影相随。她呢？她努力经营着的彩虹一般的生活，大概还是一派热闹绚烂的样子。她就像那种奇异的植物，即使在沙漠也会开出绮丽的花来。

在维也纳的时候，他们还不认识，但她是让人过目不忘的那种人。

长卷发，大眼睛，小巧的下巴，蜜色皮肤，年轻，浓妆，全身名牌，说流利的德语，在咖啡店里叫了啤酒喝，开始逗弄邻桌一个年轻人带的狗，然后跟它的主人朗朗地谈笑起来，转头的时候头发飞扬起来，媚气十足而且跋扈，是被宠坏的有钱亚洲女孩子的典型。那根本不是他喜欢的那类型的女孩子，但他的目光被牢牢吸引，像有一根绳子拴着，移不开去，不得不承认那是极好的一幅风景。

于是她也看见他，那时她正笑着，嘴角弯上去，露出洁白的牙齿，一瞥之下，那笑容仿佛是特地给他的，于是他只有略略地点头，也露出淡淡的笑容。相较之下，他心情落寞。八月里来奥地利旅游，也许根本是个错误，况且维也纳太安静了，安静得近乎无聊，对他的坏心情没有一点帮助。

后来，他是这样告诉她的，刚刚拿到博士的学位，在某个大投资银行有个做研究的位置在等着他，就是在度假之后开始，是在纽约。但是说了，又怕她觉得乏味，脸上就做出笑容来，好像有那么一点儿意气风发的意思。

其实真正觉得乏味的倒是他，是他一直怀疑那不是自己理想的出路，但是没有在任何理想的学校申请到教职，他自幼的理想就得稍稍地作一些更改了，而且所谓自幼的理想这种东西在长大成人的过程中也变得值得怀疑。那是所谓事业上的障碍，除了事业，感情上面也不见得顺利。总之，一切是他自己的问题，好像有一种不好的东西侵蚀了他的生活，痴缠不散，要叫他沉下去，于是就是一味不甘心的妥协。所以他想到要逃开一段时间，休假，到维也纳来，再横跨奥地利去萨斯堡，然后就遇见了她，阳光一样的一个人。

她不戴戒指，但他注意到她左手无名指上有一圈淡淡的印子，她说，是戴了足足三年的戒指。然后用右手的食指绕着那个印子一圈又一圈，想必以前习惯了转着戒指玩。

应该是结婚戒指吧，他想问，又觉得那是她的私事，怕她不高兴。她忽然像意识到了什么，停下手里的动作，抬头看她，嫣然而笑。他如同听到春花开放发出的细碎声音了，笑容里看不出一点历史，也没有沧桑。当然他不相信她是没有故事的人，但他喜欢她，就如喜欢一个柔软的动物，新鲜而可喜。

不知道他自己是怎么跑到萨斯堡来的。她提醒说，一定是因为《音乐之声》吧。他就笑着承认也许有这样的缘故。这个城市到处有招揽顾客参加《音乐之声》之旅的旅行团，行程是四个小时，载着一车车游客到这部电影曾经的拍摄现场去观光，诸如高山、教堂、湖泊、大宅子之类，然后告诉你影片中的孩子们曾经在这里载歌载舞。

她跟随导游看得津津有味，有时牵着他的手，有时抓着他的袖子。听导游说到什么，就没有顾忌地朗朗而笑，很纯粹地开心着。他被感动，然后告诉她自己小时候看《音乐之声》的事情，他说，我第一次看这部电影还是黑白的。是邻居家的电视机，很小的黑白电视机，我刚上小学，那时电视机在中国还不是很普及，很难想象吧，就是这十来年的事。但快乐的感觉贴近而且深切，一切很容易满足哦。

说这话的时候，他蓦然觉得时光已驶过几个光年。而在这个距离他日常生活十万八千里那么远的城市，他想起老家的城市，这些年的留学生活，日子推陈出新，心情却老去。不知是怎么搞的，没有特别值得抱怨的，就是不十分的开心，如此而已。

她好像很了解地倾听，用很温柔的眼神注视远方。但是关于她的过去，她只字不提。她只是说，她在休假。她住在伦敦。

那几天总是下雨。

他们认识不过三天，他已经舍不得离开萨斯堡，原本计划好要去德国的行程一天天被推迟，但是也不可能无限期地在这个中欧的小城市待下去吧。他在深夜里返回自己的小旅馆，推开窗户，细碎的雨愈加缠绵，渐渐变成天上挂下来的薄薄一层水幕。有点冷风，让他激灵灵地打了一个冷战，就像突然醒来一样，于是想到，这到底要怎么样。

天气阴沉，云很厚，遮住了整个天空，没能给他一点预示。于是他想，为什么不在另一个时候呢？在一个更合适爱情开始的地方，在一切按部就班的时候，那该有多好。可是，很多事是不等时机的。

她住的旅馆在山顶，他去看她的时候，沿着石阶走上去。城市就在脚下，随着不断登高，下面城市的全貌也一点点地露出端倪，白色墙壁的楼群，浅绿的或者浅赭的屋顶，洋葱顶的教堂，还有穿过这城市的河流，视野越来越广阔，直到看得见远处的山。他想这样的人生时刻会不会在他的记忆中落地生根呢？

山上树木郁郁葱葱。据说小旅馆以前是个古堡，而看上去也的确是这么一回事，墙上爬了青藤，石墙里面有个花园。她坐在那里等他。藤椅子，遮阳伞，小桌子上高脚酒杯里是橙色的酒，喝得只剩一点点，看得见很细微的一点橘子的脉络。

他想，她的身边为什么充满一种遥远的气息。他想起学校里抱着大叠书本、双肩背着书包走来走去的女生，下课的时候一起吃比萨饼、喝汽水，学校开派对的时候，就起劲地跳舞，他蓦地想起那种铿锵有力近在咫尺的节奏。

她仰头看着他走近，说，雨停了。难得这样好的天气。

他坐下来，也说，可不是吗？然后注意到四周果然有明媚的日光洋洋照着所有的一切。

她一直望着他笑，然后他心中突然觉得烦躁，为什么她一直有这样气定神闲的笑容，在这样从容的笑里，他一个关于爱恋的字也说不出来，即使说了出来，想必她也会以同样的笑容相对吧。

即使有淡定的笑，她的世界还是蠢蠢欲动的，对明日的憧憬总是比对过去的缅怀要多一些，这就是她的人生，明天会怎么样还不知道呢。她想起他们的初遇，那时她的心情其实也没有看上去的那么好吧，所有的景物像倏忽的剑，只是刷刷地飞快掠过，好比镜头的快进，直到这个看上去很伤感的大男孩出现，于是她的人生里出现整整五秒钟的定格，然后镜头就变得舒缓起来。

她还年轻，但在更年轻的时候，她更有把握把这称作爱情，即使一切突如其来，毫无准备。

那一天，天很蓝，太阳很好。萨斯堡旧城中心的广场上有人在拉小提琴，是个学生，有东方的面孔，在拉了莫扎特的第五小提琴协奏曲之后，想了一下，拉了一支谁也没有听过的曲子。那是支中国的儿童歌曲，叫做《让我们荡起双桨》。

他给她买了个冰激凌，在旧城逛着。是她先听到那曲子的声音，隐约若无，就拉着他寻找，然后，他也听到那声音。

旧城的广场上有人在卖小小的玩偶，也有一大束一大束的鲜花和新鲜的水果。他们自人群中穿过，手拉着手，然后穿过一个拱形的门洞。

那音乐停了。四周围又充满了闹市的声音，有些嘈杂，每个人都说着德文，他听不懂。然后他们看见了那个中国的女孩，正弯腰收拾她的琴盒。

而那真是车如流水，马如龙，人潮如涌的一天。

他们互相看一眼，正要说话的时候，两个萨斯堡的孩子从后面奔过来，从他们中间钻过去，然后摔在了地上，“哇”地哭了起来。有一只鸽子，看了一眼，竟从容地踱了开去，踱到路边咖啡馆的桌子底下去了。那真是一只镇定的鸽子。

然而有一些将说未说的话就被打断了。

就是这样子。

永远也没有再说出来。

那天之后，他们就告别了萨斯堡，到不同的地方去了。

至于那首歌，那是他们小时候都唱过的歌。关于小时候的事，不知为什么他们总是没有机会可以谈下去。

告别萨斯堡，他们花了整整五天的时间。

英伦日记

小刚不知道自己为什么会来伦敦，他的人生向来没有什么计划，一路走下来，得到的并没有让他付出特别的努力，而失去的仿佛也没有影响他的人生大局。很多事情都快得令人不能相信地成为了过去，他有时有钻出蝉蛹，重见天日的感觉，那就是所谓人生告一个段落的时候。

他坐在飞机上，那时已近伦敦，他贴着窗户看底下广阔的大地，耳鼓膜渐渐觉得不适，他想，自己也许未必喜欢新的开始，他想象自己一辈子待在同一块土地上，认识一样的人，日出而作，日落而息。飞机就在这时轰隆隆地着地了。

结果像过去一样，他很容易适应新的地方，觉得伦敦没有什么可抱怨的，也没有什么不能让人适应的。世界上的每一个地方都差不多。

他在伦敦的第一个晚上很早就沉沉坠入睡梦里，那是一场黑得看不见边，听不到一点声音的睡眠，醒来的时候听见隔壁的狗在叫，还有院子里的鸟鸣。他想起“鸡犬相闻”这个词，觉得其中浓浓郁郁地盘杂着许多生活的气息，好像又回到了田园，心中便稀里哗啦一声完全地松弛下来。

那已经是午后了，狗的叫声停了之后，窗外的街道和院子又变得很安静。

第一个接到的电话是他哥哥打来的，背景非常嘈杂，渐渐就听出一些灯红酒绿的喧哗，大概又在与客户应酬。

他哥哥问是不是一切都好。

他说是，问他哥哥在哪里。

在上海，明天一早去深圳。他哥哥叹了口气说，有时真想抛下这里的生意，也跑到外国念书去。

他说，那么就来啊。

那边就笑起来说，抛不下啊。

小刚想再说什么，他哥哥就说，念书这件事好像已经完全地错过了。自从当年没有考上一个好的大学，这件事就已经终结了。但是他的语气里听不出太大的遗憾，有那么一点一个梦想破灭，另一个梦想又开始的那种踌躇满志的意思。口气里有些张牙舞爪，很难激起共鸣来。

小刚就说，好吧。

什么好吧？

就是你说念书的那回事。

他哥哥在短暂的沉默以后说，就这样吧。给家里打个电话，爸妈也惦记着呢！

小刚将头伸出窗子，看屋子的后院，以及隔着篱笆的邻居的院子，想找刚才将他惊醒的那一只狗，却没有看见。远远近近暂时没有一个人，几天前他正与朋友吃饭告别，一局局饭席流水账一样逐日铺陈，记忆中的喧喧嚷嚷在这个安静的午后迎面扑来，小刚想起那时的热闹和那时的情景，不知道都到哪里去了。

小刚在伦敦认识的第一个朋友是同校的另一个留学生，是个马来西亚人，在新加坡长大，会讲一点点中文。他们同时在学校注册办公室的小窗口出现。两个人都在寻找可能的新朋友，好像猎犬一样使劲地嗅着鼻子，结果在空气里感觉到彼此的善意，一面填表格的时候，一面就开始聊天。

马来西亚人问他，是从中国哪个城市来的？上海？

杭州。

广州？

不，是杭州！

在哪里？

离上海很近。

原来是上海！

小刚心中隐隐失望，他想如果遇见的是一个中国人就不至于费这样一番口舌，还没有把事情解释清楚。心中觉得奇怪，再追问一句，你真的不知道杭州？

马来西亚人摇摇头。

小刚叹一口气说，反正也是个大城市，很美丽的城市。

马来西亚人像有点抱歉，于是说，那是一定的。

这时有一群女孩子，唧唧喳喳走近注册窗口，背着书包，抱着书本，站得笔直，笑起来，表情就相当明媚灿烂。学校的办公大厅像所有伦敦的老房子一样，有极高的屋顶，如果要用庄严来形容，还是蛮贴切的，但是女孩子们的到来，让气氛变得像冰激凌店一样轻松。小刚他们两个人收拾起放在窗台上的文件，让出位置来，相视而笑。小刚觉得的确又重回到学校来了，书本，阳光，美丽的女孩子，男生的口哨，一把吉他，一道爱情的目光。

小刚拍拍马来西亚人的肩，说，一起吃中饭去吧？

那时已过正午。

他们站在绿树的阴影里，等红色的双层巴士慢悠悠地在马路上开过来，路上总有穿着套装，拎着公文包的行人，看上去匆匆忙忙。好像完全是另一种人生的样子。

马来西亚人说，有点远噢，不过味道很好，在伦敦难得找到这样正宗的咖喱菜馆。

小刚没有异议，他想，反正有大把的时间握在手上了。或者正是为了说服自己，他说，远一些有什么关系。

怎么会来念商学院的？

工作了一阵有些厌倦了，又没有特别感兴趣的学科。

我也一样。况且女朋友也在这里。

女朋友？

是的。

真好。

是。

小刚打开电子邮件的信箱，看到小迪的来信。

小迪过分热情地祝他在异国一切顺利，让人反而觉得缺乏诚意，小刚将她不长的信从头念到尾，也看不出有思念的痕迹。本来他希望收到一份像方方正正包装精美的礼物那样的信，比如拉开绸带，撕开包装纸，就有思念砰的一声迫不及待跳出来。但是显然短短的几天即使撒下过一些想念的种子，也还来不及破土发芽。他打开几封别人的信，都是很平常的垃圾邮件，每封信都有几十个收信人的那种，可见他的离开没有引起任何的风吹草动。小刚于是觉得对于彼时的生活，自己彻头彻尾地成了一个局外人。

那时，小迪说，去吧。犹豫一下，在他的脸颊上轻轻吻了一记，温润，然而轻且快，让小刚毫无误会地确认那是一记告别之吻。

然后，小迪在她乱七八糟的书架上要找一张唱片，发出窸窸窣窣的找东西的声音，结果找出来的是Papa和Mama的California Dream。音乐好像平地炸起，与眼前的景色和心情仿佛没有一点关联。小刚看着窗外的景色默不做声，想等到无法忍受的时候将音乐按熄了，但歌曲自己走到尽头，被小迪啪一下按灭。

她抱歉地说，搬家。什么东西都找不到了。

小刚不相信她的话，觉得她的举动一定有什么寓意，但是觉得无谓再与她在这些小节上争执了。那天来帮小迪搬家的还有几个别的年轻的男孩子，长得很好，非常时髦。小刚不认识他们，刚开始，他恶意地想，这样的男孩子，一定满嘴油滑，行动浮躁，随时可以从口袋里摸出一包烟来。但是事实让他失望，他们都彬彬有礼，举止大方，也看不出任何吸烟的迹象。小迪与他们有说有笑。

他忍不住拉住小迪，问，你是从哪里认识他们的？

小迪朝他挤挤眼，不说话。

他于是也微笑，掩饰口中发涩的感觉，觉得好像被飞甩出了她的生活，仿佛离开的是她，而不是他。

那天的事像一场梦。他怀疑那几个美少年是自己的错觉。小迪与他之间的困扰已经有段时日了，他一直以为他们两人不论谁离开了谁，各自的日子还是会好好地过下去，而事实也如此，真是有一点无趣。

他回信给小迪，说，是啊。一切都好，伦敦真是个好地方。

他想了想，又写，这几天去了很多地方，大英博物馆，国家艺术馆，还有伦敦边上的小镇，有一个叫做巴斯的地方很有意思，是古罗马人建的温泉城市，颇有些历史。

然后，他又把那段话删掉，想了几秒钟，终于把信寄出去。这样思前想后，也没有产生心满意足的感觉，倒觉得像打了一场仗，可是，分明已经没有爱情了，还说什么情场和战场的话呢。他长长地呼出一口气，长得可以左缠右绕打一个结。

马来西亚人吉米的女朋友是新加坡人，叫历历，非常活泼调皮，一看就是那种对物质生活非常有心得的女孩子，即使披一件运动装，也可以给人无懈可击的感觉，也看得出她对这样的小事抱着非常热心的认真经营态度，但是怎么说还是一个讨人喜欢的女孩子，她如愿以偿，旁人也没什么好说三道四的。她还有一年大学毕业，比他们小一点。

吉米问小刚，女朋友是不是在中国？

小刚想起小迪，但还是摇摇头，说，没有女朋友。

历历说找女朋友是最简单的事，只要他愿意，她可以介绍一打学校的女孩子给他。

吉米在旁边摸摸她的头，手顺着她的黑发滑下来。他也看着小刚，很随和地笑着，笑容竟然和历历是一模一样的。

小刚没有回答。

历历又问，你交第一个女朋友是什么时候？吉米捅捅她，她扭扭身子，坐到一尺之外去，说，我只是好奇，你们那儿是不是比较保守？说说看？

保守？不至于吧。现在的那些孩子哪里都一样。

你自己呢？

历历还要问，他却摆着手不愿意再说下去。说起往事，倒不是不愿提起，而是不知从何说起。他想起中学时候第一个令自己心动的女孩子，也许这就可以回答历历的问题了，但那仿佛是一千年以前的事了，而事实如何连他自己也模糊了。以他这样的年纪，若说世事沧桑这样可能沉重了一些，但多少有点积累了，于是渐渐知道沉默的好处。

但是如果历历再坚持一点点，他也许就说出来了，同历历说话的好处是即使是真实的事情，说起来也好像是故事一般，因为她似乎对她身边之外的事一无了解，尽管有强烈的好奇心，但一贯抱着听过就忘的作风。如此这般，对于事情的可靠性，说的人于是就推却了一点责任，而每个人有时都有说故事的欲望。历历放弃了，所以小刚那说故事的欲望只存活了十几秒，张了张嘴，又囫囵地咽了下去，不了了之了。

伦敦的夏天已经过去。历历说公园的树叶马上要转黄了。

他们坐在莱斯特广场的露天咖啡座吃冰激凌，一面瑟瑟叫冷，一面稀里哗啦地将冰激凌吸到嘴里去。历历靠着吉米，小刚坐在他们对面，感觉好像是那一年最后一次坐在户外咖啡座吃冰激凌，吃得两颊像透了风一样，又硬又凉。广场上有艺人自弹自唱，歌声听上去都很动听，但是一定是什么地方出了差错，以至于没有成名。就像世界上的许多事一样，因为某个环节出了问题，终究没有修成正果。但是日复一日，时间还是那么过去了。

历历已经穿上了风衣。身上有招牌格子图案的女孩子越来越多，小钱包，手提袋，围巾，雨伞，然后就是衣服了。有的货真价实，有的是便宜好几倍的冒牌货，大家穿戴起来在同一个城市里，同样的街道上，穿梭而行，不知各自怀着什么样的心情。结果历历真的开口抱怨起名牌假货的现象，脸上出现生气的表情。小刚于是微笑起来。

历历问，笑什么呢？

小刚将最后一口冰激凌吃完，说，觉得生活还是不错。

那就谈场恋爱吧，多好。

小刚说，历历啊，到了我这样的年纪，恋爱就不是那么容易的事情了。

胡说。你才多大？等你身边有了女朋友，不管是真心，还是假意，你都不会这么说了。

吉米，你听听你女朋友说的是什么呀。

历历说，除了恋爱，这世界上还能有什么别的？对不对？她回头征询吉米的支持。吉米摸摸她的头，手指穿过她的黑头发滑下来，说，小孩子。对恋爱那么感兴趣，都是小孩子。

那是二〇〇〇年，一个世纪开端的时候，果真要想有什么大事，当然是有的。总体来说，这个世界仿佛运作得颇有秩序，就连喧喧嚷嚷了一阵的千禧虫最终也没有什么作为。那么，小刚想，何必与历历争执呢？世界是什么个样子，又有谁说得准。

历历抿嘴，有种胜利的表情，然后露出一个很美好的笑容，她笑的时候眼睛越发显得大而圆，黑亮亮的。她晃晃脑袋，好像要专心地倾听广场上艺人的歌曲，做出无意改变自己的想法，别人想什么她也管不着的姿态来。

小刚与他们分手之后，一个人没有目的地走在伦敦街上，后来跳上一辆巴士，很无聊，却又津津有味地坐在第二层看街景，巴士开到滑特卢桥，他看看街上不像城中心那么热闹了，就跳下来，看准路对面的地铁站，觉得到了打道回府的时候了。打算回家以后，简简单单吃一个罐头汤，配蒜茸面包，然后听音乐，喝一瓶啤酒，做功课。

他弯身要走下地铁站的时候，听到一阵呼啸，滑特卢桥上过来一队骑单车的人，很绵长的一支队伍，由警察开路，每个人都穿得五颜六色，最前面是一辆十人骑的车，车上的人擎着一些花花绿绿的毛毛虫形状填充玩具一类的东西，欢天喜地地踏着轮子。后面跟着各式各样的自行车，有单人的，双人的，三人的，还有独轮的，迎风舞动着一些旗帜。

他们来得近了，就听见呵呵的喧闹，像风一样来，又像风一样向远方席卷而去，有人对着他笑，挥动着拳头，大声地呼喊着什么。小刚觉得莫名其妙，滑铁卢桥一会儿就又变得静悄悄了，天很高，很矜持地走着几片云。

小刚想起历历的话，除了恋爱，这世界上还能有什么别的？

那是二〇〇〇年的十月，这样风和日丽的日子好像总是不会过完，好像没有空间容纳别的严肃的思考，一切有种超现实的美好的感觉。大概许多人都这样想吧。而小刚觉得，如果，真的是这样，那么就是相当幸运的一件事了。

历历果然有心替小刚介绍女朋友，本来他们三个人一起吃饭，常常变成四个人。

几次以后，小刚有些尴尬，对吉米说，叫历历不要胡闹了。

吉米却说，有什么关系，人多热闹。认识几个朋友天经地义，有什么不好意思的？

小刚叹一口气，说，历历的那些朋友都是些小女孩子，她们说的话我不懂，我说的她们也未必感兴趣。一面抱起大叠的书站起来，吉米笑着回答，想这么多干吗？她们都很喜欢你的，轻松点。生活不过如此。

小刚说，哪有闲心，要去替教授批卷子了。是新近找到的工作。

吉米说，了不得。厉害。

小刚的哥哥知道了，却有点诧异，问，怎么，钱不够用，再汇些来？

小刚说，不是所有的事都为了钱。

他哥哥在电话那端冷笑一声，就冷笑了一声，说，对，钱不重要。你们这代整个被宠坏了，以为什么都来得容易。

没有这个意思。

看看你们，从小到大一帆风顺，不知道挫折是什么。

什么我们，你们，你不过比我大几岁。

几年就是一个时代了。我们那时……

不要说你们那时，你又真正经历过什么，不就是大学没考好吗？别老找推脱责任的借口。你以为，如果那年一笔抹去，你就准能考上好学校了。

好，好，你既然这么说！我知道了！

我们别为这个吵了，有什么意思。

是我与你吵？你别对你老哥的生活指手画脚了。

唉，我有吗？不过说几句真话。

别叹气了，就算你说得有几分道理。但事情没有可逆性，谁也不能假设什么。毕竟你们还是比我们幸运一些的，不是吗？生活没有风浪，社会物质丰富，不用为钱烦恼，好的大学，好的工作，不乐意了就出国。所谓前人种树，后人乘凉。好了，好了，知道你不爱听，总之好好学几年，回来帮我一起干！

几句话说得不怎么投机，电话线像被胶住了，再要说什么，话题就不能通畅了，两个人都有些不耐烦。放下电话，小刚就觉得有点儿后悔。一家人之间闹别扭，这几年像成了习惯，他与他哥哥总是不能再百分之一百地心意相通了，那好像是从少年时代的某一个时刻开始的，他们之间总像缺少了一点什么，好像一盘菜，不知是少了糖，还是盐，而两人都没有好的心境来细细地调理。纵使如此，兄弟之情仍在，似乎没有究根寻底找起因经过的理由。

忙忙碌碌地打发了剩下的半个晚上，小刚临睡前看了一眼电话，电话是老式的，黑色塑胶，大概房东很早以前买来一直没有换过，因为还能用的缘故。电话盘踞在桌上，沉重得像一块铁，好像随时会砰地跳起来，但到了熄灯还是没有发出声音来，他想，自己的人生真是安安静静。然后，“啪”一下，灯熄了，夜变得黑洞洞的，小小的取暖器呼呼地吐出热气来。

小刚不觉得自己的人生像他哥哥说的那样是一条康庄大道，毫无挫折。黑洞洞的夜里，躺在床上，还没有睡意。他看到曾经小小的自己，发足狂奔，心中想必有道口子，淌了点血，然而日子却没有停留，也没有旁人的注意，然后大家就长大了。他的创伤没有一点时代的背景，于是就没有一点依据，好像天经地义会沉入历史之中。对于他个人来说，仿佛整个人沉入到黑暗中去，对自己不满意，失去朋友，少年时代戛然而止。但是，这些竟然还是不为人知地过去了，天没有塌下来。

一切不值一提。到了现在，连他自己也这样想。

他呼出一口气，自己告诉自己，或者他应该换一种轻松一点的态度。

后来，吉米跟小刚在学校的餐厅吃饭，叫了简单的青瓜三明治。历历来了，穿了黑色套头毛衣，脖子上缠了一条极长的彩色的羊毛围巾，鞋跟很高，看上去很精神，让别人也不觉有一震的清醒，然而还要细看的话，仍旧只有这些，黑毛衣，彩色的围巾，高跟的靴子，但还是让人忍不住多看几眼。她这次却没有带别的女孩。小刚就问，你的那些漂亮的女同学呢？

历历拿着一碟奶油烤土豆，胖鼓鼓的土豆上开了个缝，满满塞着奶油和虾子色拉。历历说，你不理人家，我带来也白讨一个没趣。不知你到底喜欢谁。

小刚笑着指着远远一桌一个女孩子说，你若认得她，就将她介绍给我认识。

历历转头望过去，拊掌而笑，说，当真？我倒认识她。

小刚原是说笑，但历历已经满面笑容地起身，说，反正她也是一人坐着，让我去叫她过来。小刚没有落力地阻拦，历历已经笑嘻嘻地走了过去。

小刚望着历历的背影，问吉米，你怎么认识历历的？

吉米说，怎么认识的？我倒也忘了，我们很小的时候就在一起了，好像刚刚对异性发生兴趣的时候就认识了她。到现在居然还没有闹翻，看来要天长地久了。

是这样？

对，就是这样子。

历历走到那边，低头与那个女孩子开始说话，好像聊得很开心的样子。餐厅里有很多这样聊着天的女孩子，表情很愉快地说着一些很容易忘记的小事，所以屋子里一片嗡嗡声，可是也不至于太吵。那个女孩回过脸来朝他们这边看了看，小刚捉住那个瞬间看清她的脸，确定刚才自她身边走过时留下的印象没有错。刚才看见她的侧面，记得心中仿佛动了一下，这次看清了她的整个脸庞。小刚有些紧张，不知道会不会太过分，可是由得历历去闹吧。他这样想。

你见过她？

嗯？小刚看着吉米。

吉米抬起下巴朝那个方向扬一扬，为什么是她？

小刚心中一片茫然，耸耸肩膀。那个女孩子已经端着盘子跟历历走过来了，直到她们坐下，小刚还是有茫然的感觉，好像在风平浪静的海上漂了一周，突然有人说要靠岸了，周围雾气迷茫，每个方向都好像掩藏着小岛，但是把握却一点也没有。没有把握的时候就只有笑，小刚的笑容是美好的，一向就是这样子。

这个名叫文华的女孩子从台北来，历历介绍说她以前是北一女的。显然，历历对台北有相当的了解。说起北一女这个名词来，好像手里郑重地捧了一个奖杯一样，让人马上意识到那是一流的学校错不了。文华坐下来，身子坐得笔直，却没有给人呆板的印象，反而像一个正在听令的小精灵，好像随时会嗨一声，啪地站起来，立正，敬礼。

文华听说小刚是杭州人，扬了扬眉毛，表示出一点惊讶，然后露出两个酒窝。不知历历刚才对她说过什么，两个女孩子相视而笑，笑得像双生儿一样。

文华和小刚就是这样认识的。认识，然后相爱。历历拍拍手替他们作出这样的总结。

不知道是不是这样子。

到了后来，隔了很长一段时间，提到那天文华表现出来的惊讶，小刚问，那是为了什么？文华想了一想，说，大概是你跟别的那些留学生不太一样。

怎么不一样！

别人不像你那么游手好闲。

小刚皱着眉头“嗯”了一声。

也没什么啦，你知道以前大陆来的留学生都不是这样子的。

什么样子的？

没什么啦。你一定要知道吗？普遍上说，比较沉重，很严肃，学习生活都很勤奋的样子。算了，不跟你说了。第一代留学生都是那样的，以前台湾早期时候的也是那样子的。

小刚皱着眉摇头，不知道她想说什么。

那是星期天的早上，文华穿着他的衬衫，坐在他的小客厅里吃自己做的煎蛋，也替小刚准备了一份。煎得不怎么样，蛋黄破了，而且有点焦，但空气里有很好闻的奶油、鸡蛋和火腿的味道。窗上本来结了一层霜，现在正变做水珠往下滑，外面的树上看不到一片树叶。他们一面吃，一面进行着这样的谈话。以睡醒的程度来说，这样的谈话通常到不了哪里。文华与小迪有点像，说话都很快，不留余地，或者她们都只是对他这样。

不管怎么样，小刚想，生活不管在哪里，都简直是一模一样的。奇怪，他并没有开始想家。

文华说与同学约好了去学校做功课，出门的时候严严实实地裹在大衣、围巾、帽子这些冬天必不可少的取暖装备里。她走了一段又折回来，按门铃，笑嘻嘻地说今晚会回自己的宿舍去。

小刚拍拍她的脸，笑着再一次道别。关上门的时候，不知道为什么觉得有一种永恒的寂寞，永恒这两个字将他自己吓了一跳。他想，不至于吧。走到窗前，正好来得及看文华的背影，背影很苗条，虽然裹着很厚的大衣。她转头看见楼上玻璃窗后面的小刚，便摇摇手。

她们都是这样，来了，又走了，当然还会再来，这真是一种很深刻的寂寥。小刚这样想。但是，不然还能怎么样。他很喜欢她，但是少年时代有过的倾心的感觉却一直没有出现，真是要命！

然后，就是春暖花开。过了一冬，天气稍露暖意。伦敦的地铁罢工变得像家常便饭一样，好像是生活的一部分。人们自新闻里检查哪一条地铁线罢工，然后便转车坐别的线，就像看天气预报一样。不管怎么说，这已经是一个相当有秩序的城市，就算有罢工这样的事，各部分机器也一样能够正常运作，吱吱嘎嘎的一个齿轮咬着一个齿轮往前走去，这就是所谓的某种制度化的生活吧。

这天又碰见罢工，小刚站在楼下，想来想去觉得转几趟巴士到了学校也迟到了，况且不用交作业，也没有考试。正犹豫着要不要逃课，去哪儿逛逛。住在附近的同学比德开车路过，探出头来问他，要不要搭车？

小刚就跳上他的车子。他们本来不熟，因为没有机会坐在一起聊天，但真的说起话来，居然也热烈得很，虽然大多数话属于寒暄的范畴，说过了，就不太能记得，学校里充满了这样的人，但平时大家都笑脸迎送，轻松得不得了。车开到学校，就看见文华站在路口，东张西望，比德说，那个中国女孩子在等你吧。说着就刹车停下来，文华果然在找他。

小刚下了车，文华一口气说完要说的话，原来她父母路过伦敦，想见见小刚，共进晚餐什么的。临时决定的，简直没有时间打电话联络。

小刚说，没有问题。

就这样？

是啊，不是就吃一顿饭吗？差一点儿来不成学校，错过一顿饭局。

文华本来涨红了脸，这时才像松了口气，想说什么，却没出口，但自说自话似的点了点头，没事了，下午上完课一起走吧，我要上课去了。

文华挥挥手，匆匆拎着书包走了。

小刚回头看比德的车，正摇摇摆摆转到前面一条小路上，想必是找停车位去了。他想，世事均如此，全是凑巧，如果没碰见比德大约也没有吃饭这回事了。不知为什么会答应文华，他自己倒没什么，只是希望不会让文华失望了，事实与她想象的也许有些出入。

他看看校门，看学生们进进出出，学生的风景中永远不缺乏男生女生拖手，眉目传情的一幕幕陈旧又新鲜的情景。他忽然觉得有点心烦，不知道日子这样过下去，会走到哪里去。历历说对了，能让人烦恼的，永远有爱情那一分子。

文华一家坐在一起，旁人很容易有“美丽的家庭”那样的印象。父亲是严肃不苟言笑的成功商人；母亲很美丽，大概一直没有上过班，笑容是井井有条的，想必生活也安排得如此。文华就不必说了，那日小刚自她身边走过，就是被某种她身上散发出来的美好感觉吸引，那好像是一种光芒，在她愿意的时候，旁人就觉得她身边的空气也有一点晶莹。其实，比起历历来，她的穿着打扮要随意很多，表情也并不甜美，可是她的动人的地方都是天然的，气质使然。

那是伦敦很时髦的一家日本餐馆，是那种很不容易订到位置的地方，装修无懈可击，由很出名的厨师掌勺，常客多数是名人。在物质生活上，所谓国界这回事，根本就不存在。他们一家三口坐在那里，妥当贴切，仿佛成为布景的一部分，看不出什么毛病来，因而有种不太真实的感觉。

见到文华的父母前，小刚曾笑着对文华说，就这样答应去见你的父母不太妥当吧。

文华好像没有说笑的兴致，没有什么表情地说，有什么不妥的，我父母随和得很。然后他们就进了餐馆，文华低声对侍者说话，然后等他把他们领到预定的位子去，餐馆有种精致的气氛，灯光照到文华的脸上，即使没有表情也变得生动起来，就像一件瓷器被放到一个合适的台子上，配上合适的光线，一切相得益彰。小刚意识到文华大概是一向习惯这样的场合的。

文华看他一眼，嘴角不为人注意地略略下弯，然后翘上去，抿嘴露出一个笑容。小刚心中像有面锣猛地敲了一下，有个声音告诉自己，她不会是真的很严重地爱着他吧。这个想法几乎让他有冲动，想拉住她的手，问一个明白，但是他心中马上出现了一点怯意，将手插到裤袋里去。

菜很美味。小刚有些心事。文华的父母很客气，聊的话题也都无伤大雅，大多绕着伦敦的新闻打转，关于小刚的事，他们并没有表现出刨根问底的兴趣来，文华的母亲听说他老家在杭州，就问了一些旅游方面的知识，并说不久之后有可能会去杭州。他们果真像文华说的那样相当随和，不让他觉得不自在，当然是因为对于自己女儿的顾惜，所谓爱屋及乌。

他们喝了些暖过的清酒，胃里舒坦坦充满暖意，但是他的心沉沉地一下一下跳动，心中有一股歉意慢慢地填满他的胸腔，他想，对于爱情，他真的一点儿办法也没有，自己一向不懂如何控制，这次也一样，既然如此，他们的关系或者应当有一个了断比较好。

后来，文华告诉小刚，饭后，她的母亲是这样对她说的，她说，可是，看得出他并不那么爱你啊。

那时，时过境迁。小刚有一种歉意，无法表达，心中想，就这么结束了。

他听了文华的话，还是有点意外，于是说，是吗？看得出来？真是不知道，这一切是怎么发生的。

什么？

关于爱情。

那天你走过我的桌子边，我看见你。然后，你叫历历过来。我回头看你，发现你就是刚才走过我身边的那个人，于是我想，就是他了，然后就走到你们那一桌来了。

啊？

就是这样……本来以为是一个很好的开始。

都是我的问题。

你的问题？你有什么问题？文华紧紧看着他的眼睛，他却避开去，于是她说，你心中有一个人？是不是？

小刚摇头，文华等着他回答，他终于说，对，我心中是有一个人。文华抬头看他，他却说，那个人是我自己。

文华凑近来，仔细地看他的眼睛，然后像打算彻底放弃一样长长地叹了一口气。

最后，她说，春天还没有结束呢。

小刚的手握了一个拳头，紧紧捏在一起，等它松开的时候，心中某一个角落却揉作一团，怎么样也无法舒展开来了。

文华后来指指他胸部左边的位置，那里有心脏在跳动，她说，那里，远远没有你的外表轻松。

为什么？她说。

吉米与历历还在一起，他与文华却已经分开了。天没有塌下来，他们之间也并非一下子变成空白，友情总还是剩余了一些下来，好像也并不那么坏。当然，小刚的坦率让文华有些惊讶，她倒希望他会含糊一下，两人的关系也不至于如此戛然而止，但与其让它慢慢冷却，这样直截了当未必是件坏事。不管怎么样还是有种惨淡的感觉。

伦敦这个城市不觉已经绿树成荫。

历历问文华，你们到底是怎么了？

想必他心中没有我。

那有谁？

沉默。

文华说，对爱情，有一点点腻了。

历历轻轻拥抱她一下。

文华说，该干点别的了。

小刚则说，文华是个高贵的女孩子。

口吻太戏剧化，历历一愣，反而哈哈大笑起来，觉得他在找托词开玩笑，便也笑着急急追问，然后呢？然后怎样？

小刚想，可是，这是真话啊，但在历历的笑声里，他也就用游戏的口吻说，时光飞逝啊。

但实际上，难道不是如此？

小刚一连吃了几天炸鱼配薯条，淋点醋，撒点盐和胡椒粉，真是种奇怪的吃法。这街角快餐店的一对土耳其兄弟已经认识他，看见他来，就问，再来一份？一模一样的？

小刚说，对，还是老样子。

小小的街道安安静静，路边的小房子自窗纱中透出亮光，即使隔着一个院子，看上去也温馨可人。路灯也亮起来，黄悠悠的。小刚手里拿着包着食物的纸包，朝自己家走去，心里没有办法特别地快活起来。所谓初到这个城市的新鲜已经过去，而人生远远没有到告一段落的时候，如果要概括生活，只有说不好也不坏。

小刚给小迪打电话的时候就是这样说的，不好也不坏。

小迪说，听上去也是这个样子，好像不是很有劲。

没有同情？

没有！

小迪没有追问他心情起落的原因，那不是她的作风。在一阵短暂的沉默以后，她开始叫他讲讲伦敦的事情。她说，随便。说说你在这个城市都看到了什么。

小刚对着黑漆漆的笨重电话，想象小迪伶牙俐齿的样子，她说话做事一向直接利落，即使隔了那么远的距离，即使她的话题没有什么个人感情的色彩，电话筒里还是准确无误地传来她的气息，好像豆子熟了，啪地自干裂的豆荚里蹦出来，对世界有干干脆脆清新的认知。

小刚觉得对过去的日子有一点想念，却不打算说出来。与小迪说话渐渐让他产生一种安全感，不至于有一无所有的感觉。虽然他不留恋过去，可是也不想自己被过去抛弃了，即使没有了爱，友情还在，所以就不那么孤独，只能这么要求了。

小刚问，我到英国有多久了？

你自己都不知道，我怎么会知道？

最后一次我们说话在什么时候？

你不记得，我怎么会记得？

小迪，别耍脾气。你知道跟你说话有很不错的感觉，别破坏了印象。

你知道，我没有耍脾气，不过是你问我答而已。

这些日子真的觉得自己是在一个遥远的地方。有时，真的不知道还会不会越走越远。

迷惑了？

有一点。

是自找的。看你像逃一样地离开，迫不及待地要去寻找所谓新的生活，像匹烈马一样，什么样的缰绳都无法套住，不是吗？

是这样么？你真的这样想？不是你把我一脚踢开，叫我走得远远的吗？

停止，到此为止，不要挑战我的极限，不要真的以为我真的对什么都不介意噢。

小刚沉默下来，话题的确走得远了些，也不知小迪是不是在开玩笑，但毕竟再磊落，也是女孩子，他说，抱歉啊。

小迪叹口气说，要你说一句抱歉真的比什么都难，难为你还是说出来了。

这下扯平了？

是。怎么？最近觉得寂寞了？说起这些事来？

小刚清清嗓子，与小迪斗嘴，最后处于下风的永远是他自己，倒不如说点别的，于是他就问，最近忙什么了？

没什么，你都知道的，就是那样的一份工作。不过倒是见了几个老朋友，对了，说起这个，我还碰见了你们学校的一个学姐，跟朋友来的，说起你们学校，她还说认识你。

我们学校？大学还是中学？是谁？

当然是中学。大学有什么稀奇，你的学姐也就是我的学姐。

到底是谁？

很漂亮的一个女孩子。很有风韵的，叫什么来着？好像姓叶。

非常突然的，小刚觉得恍然有一种大梦初醒的感觉，觉得血液好像慢慢地涌到他的脸上，记忆像一只被惊起睡醒的动物，屋子里的空气也有些荡漾，流动着一波一波在他脸上掠过。小迪那边还是念念有词地唠叨着，那另一个字像失踪了，无法被完整地吐出来。

于是小刚说，是叫叶灵吧？

对了，正是这个名字。

她说什么了？

没说什么，只是说认识你。

怎么会提到我？

说起她的母校，我想起你，说出你的名字，她就说，记得你。

她说记得我？还有呢？

没有了。

她现在在做什么？你怎么会碰见她的？

不是告诉你是朋友的聚会吗？她好像从美国回来，跟一个朋友来凑热闹。

她没说别的？

没有。

你提到我的时候，她有没有不高兴？

没有。咦，你紧张什么？为什么这么感兴趣？莫非……

没有的事。不说了。

小迪已在那端意味深长地笑起来，她说她明白了。

小刚烦躁地说，你明白什么呀？然后却维持着他的沉默，小迪忽然意识到那沉默里有一种严肃，气氛好像萧萧瑟瑟，便停了笑，心中也诧异起来，问，怎么了？就当我是开玩笑，什么也没说。

小刚叹气道，也不完全像你想象的那样。很久以前的事了，若追根究底，是我自己做错了一件事，给人很大的难堪。那个人，碰巧就是她。一直以为已经忘记了，其实却不是这样。你提起她来，感觉很奇怪。

嗯？

整件事，说来话长，总之，是我不好，那一次，很严重地伤了别人，也伤到自己，失去一些友谊。没什么好说的，说起来怪惨淡的。

不会是争风吃醋一类的事？

怎么这么说？

中学生，朦朦胧胧的感情，你喜欢她，她又喜欢别人，这个别人没准心中又另有他人。这样的事，哪个学校没有几起？

算是吧，也不完全那样的。但不管怎么说是我的不对，给人的难堪实在是太大了。

电话筒里听得到小迪的呼吸，可以感觉到她把话筒从一个耳朵边，换到另一个耳朵边上，再把头发掠到耳后去，低下头，又抬起来，头发被甩到背后去。一阵窸窸窣窣，不知她在考虑什么。声音再传过来的时候，变得特别的温柔，好像经过了长时间的沉淀，清澈而且充满了回音感，她说，很大的难堪么？

应该是的吧。将一个女孩子在大庭广众之下，劈头盖脸地骂了一顿，说的话想必很难听，自己也不想回忆了。真是后悔。我也因为这件事与几个最好的朋友闹翻了，做了这样冲动的事，好像没脸再跟他们说话了一样，灰头土脸地做人，学习，直到毕业。

嗯？难堪，是难堪，对吧？

怎么了？

小迪像下了决心一样，清清嗓子，说，小刚，你知不知道——其实你一直在给人很大的难堪。

什么？小刚几乎要跳起来，你这是什么意思，算什么，控诉吗？这叫落井下石，你知不知道？

可是，我说的是事实。大概你很少替别人考虑吧。你想的总是对不对得起自己付出的，是不是这样？比如说爱情吧，你觉得该开始就开始了，你觉得该结束就结束了，不想一想别人，这就是一种难堪了。

小迪！这是你真正的想法吗？

想必是的。

什么意思？你现在告诉我，是什么意思？

没有什么意思。

小刚不知道怎样回答，这还是小迪说话的方式，可是小迪通常不说这样的内容，但也许这就是她真正的想法。小刚觉得有点虚弱，可是没有办法辩驳，说，也许，你说的是对的。

小迪在那头说抱歉，说，一口气说了这样的话自己也不敢想象，但是既然还打算做朋友，还是说清楚，避免不清不白的发生过什么事也不知道。

小刚说，你这一席话让我觉得几乎万念俱灰了，有这样不堪吗？

那倒没有。

他们沉默了一会儿，好像要找到一个适当地终止这个电话的途径。

小迪问，关于那个女孩子。就是叶灵，要我帮你找她的联络方式吗？可以帮你去问的。

不必了。那么多年了。

确定？

是的……她看上去好么？

好得不得了。拜托，不要用这样的口气，一副好像你真的会影响他人的人生那样的姿态。你的法力还没有那么大。每个人都有自己应付人生的一套方法，放心好了。

语气犀利的小迪好像又回来了，小刚只得唯唯诺诺，知道她一定另有所指，却也不便再说什么了。

他想起初遇小迪的时候，她从女生宿舍里走出来，他一眼把她自旁边的人群中区分出来；想起他第一次吻她，她温柔而笑。永远都是一见钟情，却永远没有结尾，如何开始永远比知道如何进行下去要容易。

小刚再见到文华的时候，想起小迪的有关难堪的话。

那是在学校的一个派对上，文华与另一个男孩子站在一起，身材颀长的男孩子，衣着讲究，身上好像贴着类似世家子这样的标签，一尘不染。

他走过去打招呼，那个男孩子借故走开一会儿，于是他们站在一起，喝了点酒，文华的脸有点红了。小刚问，男朋友？

文华想了想，便点点头。

与你很相配的男孩子。

文华不置可否。

小刚正要走开去，文华叫住他，说，记得我的父母吗？

嗯。当然记得。

他们正在办理离婚，协议书这个星期就会签下来。

啊？

上次他们来伦敦就是告诉我这件事的。这下，台北的家就被拆散了。看来，我会在伦敦待下去了。

不要紧吧。

我很好。不知道为什么，就是想告诉你知道。不介意吧？

怎么会。

他们分手处理得很和平。

嗯？

有时想想，真是没有意思，什么事情都要做得漂漂亮亮的，离婚这样的大事也做得像没什么一样。她叹了一口气，把头仰起来，让灯光照着她的脸，像照着一尊雕像。所以，她接下去说，这样一想，我有时真想好好地跟你闹一场，狠狠地骂你一顿。

她看他一眼，她化了很浓的妆，睫毛漆黑，眼角飞出去，眼睛旁边亮晶晶的，在昏暗的灯光下闪一下，再闪一下，细看，当然不是泪，不过是粘上去的水晶石。但是，小刚想，自认识以来文华从没有化过这样浓的妆，对于她的指责，如果能算是指责的话，他毫无招架的能力。文华微笑着说，我不会的。我们还是朋友。到了最后总是这个样子。

她的男伴这时回来了，彬彬有礼，无懈可击。他将文华带去跳舞。文华走出去的时候没有回头。

场地中间，大家都跳起舞来。迪斯科的音乐震耳欲聋。

金发的女孩子高举着酒杯自他身边挤过去，回头问他，不跳舞去？

他说不跳，一面拨开人群走到外面去。

夜凉如水。

出来便是中庭，草地中央有一棵树，刷拉拉地响。小刚却没有感觉到风。

千里跋涉，来到这里，他忽然发现自己一直背着自己的包袱，从少年时代走来，一直牢牢系在背上。

他走到树下，将手放在树干上，低下头来。在一瞬间，他忽然开始强烈地怀念少年时代，怀念那些没有烦恼，遗憾也还没有来得及产生的日子。少年时候的那些朋友都到哪里去了。他吸一口气，好像要听到时空另一端琅琅的笑声，所谓纯真，就产生在那样的时刻。

这时，他想起叶灵，想起那些早自习以后的时刻，他走出教室，站在走廊的露台上往下看，寻找那个女孩子的身影，他知道她们班下一节是体育课，男生女生都换了运动衣，从教学大楼前面的林荫道往操场走去。她大多时候一个人走，有时会蓦然回头，朝后面的教学楼看。他一直想，她会不会也看到他了呢？然后心中升起一种很美妙而且安静的感觉。后来，他知道了她的名字叫做叶灵。那真是遥远的过去，少年的情怀，连他最好的朋友也不知道有这回事。有微风吹过的中庭，有人推开沉沉的木门，朝中庭看，非常沉重的重金属音乐自门缝里挤出来，那人朝小刚叫，进不进来？喝杯酒吗？

小刚高声说，过一会儿。

那人像是有点醉了，吃吃笑着缩回去，关上门。又安静下来。

小刚侧耳细听，只能模糊地听到室内的音乐，是的，只有他一个人站在那里。在那一刻，小刚的心中升起一阵无边无际的失落，好像烟花一样升起，又像流星一样殒落，无迹可寻却又密密麻麻。可是，小刚想，真的没有想到，事情会有那样的结局。真是鲁莽的青春！他想起那时候失去的朋友，他们的名字一直在他的记忆里，小薏、崇光、谷荔；而他们却在他生命中消失了。这不是他想要的结局。

所谓人生告一段落，根本没有这样一回事，也没有被掩埋的记忆。小刚想，或者应该与他们恢复联络了。不知道他们在哪里，但是总是能够想办法的。

至于叶灵，他想了想，手中的拳头不自觉地握紧又松开了。他心中涌起一阵缓缓的疼痛，人生之中总有一些东西是没有办法抓住的吧。然后他吸了一口气，那是很清澈的空气，透过他的肺部，好像贯穿到全身去了。

一觉醒来，小刚从床上坐起来，刷牙，洗脸，烤好面包，涂上果酱，把牛奶倒到玻璃杯里，启动电脑，怀着某种迫切的心情打开电子邮件的信箱。

有小迪的回信，她说，

当你的朋友真是麻烦。自己疏于友情，害我东奔西跑老着脸皮替你打听，简直像是偿还上一世的欠债，叫人无话可说。不过也不算太麻烦，问了你们学校的大胖，他找到了你那个叫小薏的女孩子的电子邮箱地址。他说另外的两个人出国了。但是，小薏是谁？除了上次的叶灵，还有这个小薏，你越发叫人觉得扑朔迷离，好像有非常丰富的人生。伦敦的生活到底怎么样呢？还真是让人心怀揣测。

小刚回信，说，

这次不要误会。只是想找到小时候的几个好朋友。最近觉得老了，所以开始怀念童年时光，联络友情而已。

小迪回信，

真的是老了，但毕竟还是长了点智慧，倒也不是件坏事 。

小迪永远是小迪，所说的话里，永远要带一根刺，好像一个安全的面具，在插科打诨里让时光过去。

小刚花了一点时间，将写给小薏的信发出去，

小薏，我是小刚。从朋友那里打听到你的这个邮箱地址。这些年我几乎断了与中学同学的联系，不知你怎么样？不知你有没有与崇光和谷荔保持联系。现在我在伦敦念商学院，之前做过一段时间贸易。这些日子不知怎么想起中学时候的时光，想起你们来，觉得应当恢复联络。很想知道

你们的近况。祝好，小刚。

伦敦的五月要来了。小刚自个人的情结中抬头，猛然觉得周围的气氛有点不对，有种兴奋、焦躁、跃跃欲试又小心翼翼的空气在流动。

历历与吉米拉住他问，这几天怎么不见人影？

没等他回答，历历说，疯狂的日子就要来到了。

什么？

疯狂的日子！五月一日呵，有什么要发泄的话，把石子和锄头都准备好。

什么？小刚一副一头雾水、不能了解的表情。

五月一日的示威游行你不知道吗？

五月一日不就是国际劳动节吗？我知道，有什么特别的吗？是明天？日子那么快？四月已经过去了。

历历与吉米相视而笑，带他去牛津街，仳考底利广场一带，指给他看麦当劳和美国服装连锁店的玻璃门和橱窗，商店的外面被严严实实订上了一层木板，贴上暂停营业的广告。历历说，为所谓的暴民做好准备。

为了什么？

为了庆祝一些东西，为了反对一些东西，也为了找一些理由和借口，心中的语言变做肢体的语言表达出来。

肢体的语言？

对，很暴力，也很疯狂的。

这些英国人？

对，就是这些英国人。

很难想象。

闹起来可凶了。五月的庆典已经是欧洲的大事。

小刚想起前不久文华说过的话，她说，什么事情都要做得漂漂亮亮的，离婚这样的大事也做得像没什么一样……有时真想好好地跟你闹一场……他好像还没有从自己的情绪中走出来，想着或者是到了闹一场的时候了。

五月一日那一天，结果他们哪里也没有去，打开电视，BBC的新闻里出现潮水一般的镜头。人们涌在街道上，还有警察，标语，呐喊，碎了壳的鸡蛋，淡红色的气体，各种各样的拳头，简直乱了套。

历历对着电视机看得津津有味，吉米陪着她，两人紧紧靠在沙发上，一起发出惊呼，一起顿足握拳，然后一起笑起来，看他们的样子，吉米似乎会这样一辈子地陪伴下去，真是两个幸福的人。

历历问，小刚，见过游行吗？

见过。

“文革”时候？

说的什么呀，那时候我还没出生呢。

那你看到过什么？

所谓游行，不就是许多人走在一起吗？也没有什么了不起的。

啊？是吗？那你说说看。

说什么？我无非站在那里看看，也不过是个局外人。

小刚坐到他们旁边，放下一袋薯片，说，到现在都一样，还是一个局外人。

他想，与历史，永远是擦肩而过，永远是这样。

历历抓了薯片，咔嚓咔嚓地吃起来。她开口念电视屏幕上掠过的一条条标语。

忽然，她说，真好。

怎么讲?

像这样在世界团团乱转的时候，还能安静地坐在屋子里，暖洋洋地吃东西，看电视。

说得没错，但是世界毕竟没有真的乱了套啊。

那是星期二，无可否认这是一个与任何别的星期二都不太一样的星期二。

然后，第二天，一切又会风平浪静吧。

小刚默默坐着，等待第二天的来临。那，总会来临的。

小薏的信来了，迟了几天，但是来了。字里行间表现得相当惊喜，使得小刚松了一口气。

她说，一时没有崇光和谷荔的消息，但总会联络到他们的。不知道我们是怎么了，竟然互相没有音讯那么久。又想起少年时代的日子来，不禁微笑，友谊的感觉总是让人觉得很好。还有，谢谢来信。

小刚想，这就好。幸好当年的事都还在他们的记忆里。

他像做了一件大事，好像有种放心的感觉。他想，也许是到了忙一些别的事情的时候了。距离来伦敦的日子，一年还没有到。他没有得到什么，也没有失去什么。距离变得不太可靠，有些仿佛近在咫尺，实际上却隔着天涯;而另一些以为遥不可及的东西，却伸手就可触可摸。他打开窗户，俯身看下面的院子，邻居院子里的一只小白狗朝他汪汪地叫，并且跳起来，他打个呼哨，小狗呜呜叫几声安静下来，在草地上打了个滚。在伦敦的第一个早晨将他叫醒的不知道是不是就是它发出的声音。

星期六的下午，小刚在伦敦的街道走过，人来人往，看不出有什么异样。英国人有时总给人一种内敛沉着的印象，街上的行人往往如此。就在几天前，那些扔石子，激动呼喊的人群不知去了哪里。

小刚走到了Covent Garden 的古董集市，也不知怎么走到这里来的。他没有特别目的地自人群里穿过，走过一个个摊位，一切看上去琳琅满目。集市一端有咖啡座，有四个人在演奏Vivaldi的《四季》，两把小提琴，一把中提琴，再加一把大提琴。拉到兴致所至，大提琴手用手指哗哗地拨动琴弦，并且轻轻地用手掌拍着琴身，跳跃节奏好像木头快乐的低吼。

他在一张桌子边坐下，叫了一杯咖啡。

临桌有个亚洲女孩子，长长的卷发，飞扬在一张精致的脸上。她几乎俯在桌子上，一只手敲着桌子，和着音乐的节奏。她很用心地看着演奏的人，用一种怕什么东西消失了的表情看着他们。小刚一直注意着她，而她看见小刚的时候已经距离他坐下来有整整十几分钟了。

她的目光碰到小刚的目光，两人笑了一下。这时，音乐戛然而止。

他们静静坐着，空气好像嘶嘶地在蒸发，周围人来人往地热闹着。她的笑容若有若无，眼梢向他看过来，一副低眉浅笑的样子。

那是个晴朗的下午，小刚想，或者应该开口对她说话，也许就是一个新的开始也未可知。

他们都静静坐着。

小刚想，不知那个女孩来自哪里，世界真是狭小，每个人都从远方来，要到远方去。

然后，那女孩子站了起来，将零钱放在桌上。停了片刻，便轻轻移开前边的椅子，离去。

小刚一直没有动，维持着一个自己也不觉察的笑容。

乐队在整弦，当新的一支音乐响起的时候，她已经在人群里消失了。

小刚静静喝完咖啡，想起所谓人生这回事。他想，到底什么才是影响人生大局的呢？好比刚才。

他想，如果要他付出一点努力，从而改变一些什么，其实，他是愿意的。

那是，二〇〇一年的六月。

村的声

很多个日子之后，倪裳又想起她初到纽约的那一天。那是八月里，天气相当炎热，后来却下了一场雨，整个城市就变得凉津津的。是黄昏，窗外面的城市正一寸一寸暗了下去；街上车辆往来的声音没有被玻璃窗隔断，偶尔有喇叭声，好像果断而且利落地刺穿玻璃，落在窗台上，出乎意料的清脆，让她几乎有错觉，好像弯腰就可以拾起掉下来的声音的碎片。外面的城市即使在一个下雨的夜晚，还是那样的热闹。

那时候的公寓还是空落落的，远没有形成一个所谓的温暖的家的样子。她将随身带的大行李箱拖到地当中，没有打开，就席地坐下，靠在行李箱上，疲劳的感觉像一场阵雨，突如其来地迎头浇下。这时，有一种渴望升起来，让她想有一个温暖的拥抱，这样的感觉汹涌而来，室内的空气于是变得有点僵硬，几乎没有旋转的余地。结果，与过去一样，她不能适应到每一个新的城市的最初那几天，像惯性反应一样，心情的沮丧让身体也变得不能振作。

新的工作就在那样的时候开始，她被当成一个新人介绍给同事，然后桌上的文件就一沓沓地增高，工作于是进入轨道。在不知不觉中，她发现原来自己已经在纽约安顿下来了。走在街上，她与周围的行人有一样匆忙的步子，一般目不斜视，也会有拿地图的游客向她请教问路。

旁人问她，为什么搬到纽约来？

她侧头想一想，希望自己的回答可以是为了一个人。然而，她还是说，是因为工作的关系。有一些原因也许存在过，但是随着时间的过去，也就过去了。

清晨照镜子的时候，她看着自己的脸，水龙头的水哗哗而流，忽然会觉得有一些理想是不是就这样流到不知名的地方去了。像每个忙乱的早晨一样，各种嘈杂的念头纷纷扬扬而来，手中像握了一串钥匙，丁零当啷，却不知该使用哪一把来开启哪一扇门。然后，“砰”一声，公寓的门在背后被锁上，所谓朝九晚五，就这样开始了。离开一栋高楼，到另一栋高楼里去。倪裳想，就先让生活进行下去好了。有一些她想不明白的问题，也许有一天会迎刃而解，也许不，但是，先让生活进行下去好了。

她在这样一个热闹的都市里，又是年轻的女孩子，凭借自己的才能，走进这个大城市无数大机构中的一所里去，然后得到看上去相当不错的报酬。所以，只要愿意，表面的热闹还是能够维持的。而且，假如真的想要表现出一点年少得意的飞扬跋扈来，想必也会得到一定的原谅吧。

她母亲住在北美的另一个城市，每次打电话来的时候就问，好不好？一切好不好？

倪裳说，有什么不好的呢？

终于有一天，她母亲好像很小心似的开口，问，有没有碰到合适的男孩子？也应该留意一下了。不要总是拼命地工作了。

倪裳觉得有点不耐烦，脱口而出，我何尝没有留意着。

她母亲立刻像做错了什么一样，将话题扯到别处去。倪裳一声一声地应着，耳朵却听着音响里传来的音乐，是张老唱片，Arm Strong 和 Billy Holiday 的经典合作，她用遥控器将音乐倒回去，回到第一首中“Let’s Call the Whole Thing off”，那是一支讲一段感情老死而去的歌，两个人心平气和地唱出一些不搭调的鸡毛蒜皮的小事，然后就说，让这事儿了结了吧，就这样好了，听上去还很快乐的样子，好像对世事洞明，一副了然的样子。

倪裳将听筒牢牢搁在耳边，出了会儿神，然后突然问，这事真的那么重要吗？

什么事？

就是那个啊，你刚才问的。

哦，那个啊？也不是重要不重要的问题……只是我们希望你开心。没什么，没什么，就这样好了。

接着，关于这个问题，倪裳仔细地想了一想，她母亲话里的逻辑明显地不能联结到一起，当然她的意思也很明白。倪裳想，可是，当那个人出现的时候，生活中的问题想必也不会全部自动地解决了。然而，她不能否认，还是有点怀念恋爱的味道，有点觉得生活的脚步太慢了一点，可是有什么办法呢，工作是紧张的，生活是缓慢的，就是这样子。

倪裳决定搬家是因为一个住在格林威治村的朋友被外派到亚洲工作，公寓空了出来。倪裳去看了一下，立刻喜欢上村子里的感觉，楼房比较矮，街上的树比较多，气氛比较闲散，餐厅和咖啡馆很多，大多小小的，看上去很亲切的样子。有一种生活起居的味道流淌在空气里，深深吸进身体里，就有花朵盛开、树叶发芽这样的季节蓦然产生了变化的感觉。

一切谈妥了，最后，朋友笑问，确定要搬过来？

倪裳用决不反悔式的笑容回答了他的问题。那些日子，她天天加班，离开公司，神经略略松弛，脸色看上去就有点茫然，连眼睛也疲倦了，但是那个笑容替她添了些生气。

那个朋友是个男孩子，本来也不是极熟的朋友，因为这件事才正式地与她坐到一起来。这时，他坐在她对面，在一瞬间觉得空气变了一变，好像起了一点波浪，仿佛太阳自云后面伸出头来，而且是冬天的暖太阳，光芒华华，却不刺目，而且明媚。他一下子不知道该说什么好了。再下去，裹住的心也许就会张开来，这样的感觉来得没有一点先兆，却又以要预示什么似的姿态出现，可是，到了后来，却又什么也不是。

这时，侍者将他们付钱找回来的零钱拿回来，他们仿佛也找不到再坐下去的必要。于是，他们几乎在同时站起身来，男孩子说，那么，恭喜乔迁之喜。也非常感谢将我的租约转到你名下，省却我不少麻烦。接下来的事直接跟房东商量就可以了。

倪裳问，还回来吗？在亚洲要待多久？

不好说，公司的事，你知道……至少两三年吧……

男孩子手里的一卷报纸没拿好，散开来，差点掉在地上，倪裳替他接住，递回给他。他却笑着说，不错的报纸，我可以再去拿一份，不如这份你拿回去看吧。

怎么好意思？

是免费的报纸，到处可以拿的。

倪裳看一眼报纸的标题，是《村声》。男孩子解释，别看是免费的，但是相当有传统的报纸，很有点历史了。曾经也是很有力量的一家媒体，是很前卫的哦。当然，现在仍旧靠口碑和广告生存下去，很不错了。

倪裳便微笑着接受他的好意，将报纸卷起来握在手里。他们走出小咖啡馆，就在门口分手，一个往东，一个往西，朝相反的方向走去。男孩子回头看了一眼，倪裳的身影已经不知消失在哪个转角处了，他自己正路过街角的小杂货店，外面放报纸的浅蓝的铁架子上正好醒目地放着一叠《村声》，他想了想，将手放在衣袋里，按照原来的路走了下去，他将在第二天乘飞机离开纽约，第一站是香港。起飞的时候，不知能不能再在高空看到这个城市的样子，从高空看下来曼哈顿是一个楼群密集的小岛，他很想再看一次。

就这样要离开了，他想，这个城市总有那么多叫人留恋的地方，但是，一切就绪，到了离开的时候了。

倪裳在转弯的时候，又将手中的报纸摊开一个角，看那标题，是《村声》，没有错。她张开，手上已经沾到一点报纸的油墨，黑黑的，也没有地方可以擦拭，于是就暂时随它去了。

倪裳本来住在东区，公寓是一栋高而且瘦的楼房，是大批兴建于二十世纪七十年代的高楼中的一栋，很难找出所谓个性化的东西来，不能说难看，但真的要找出所谓的美感来，好像也没有什么可说的。总之，是一座随处可见的普通大厦。

格林威治村的新居也是建于战后的公寓大楼，虽然不像那些典型的建于战前的小楼那样年代久远。只有七八层高，至少看上去不像一个庞然大物，墙是红砖砌的。从她所在二楼的窗子望出去就是一棵树，视野被挡住了一些，但是有可以被称作生命力的这种东西洋洋洒洒闯进来。

她趴在窗框上看了一会儿，不知道为什么抓不住心中的感觉，如果没有什么执著，快乐好像可以很容易地得到，可是也会走得像风一样快。但是要命的是，假如执著的东西存在着，那究竟是什么，好像并不能很明确地说出来。

那是个周末，窗外面街道上是看上去永远有些相近的画面，行人走来走去，有时有人牵一只狗，狗的脖子上系着皮带，比主人走得还要快，一面使劲地在路边嗅来嗅去。黄色的计程车以不打算停留的莽撞姿态开过，街道窄小，它照样能开得像一缕风一样。天空只看得见小小一块，埋在周围高楼的屋顶之中，有点泛白，如果说它寂寞，就是寂寞的了。

打开冰箱，像样的食物还是只有一盒牛奶，一只苹果滚在角落里，皮有点皱了。中饭照例是约了别人在外面吃。出门的时候，她想起牙膏好像用完了，便觉得有点恍然，然后，门啪嗒关上了。

搬了一次家，生命好像并没有太大的改变。如果这算是烦恼的话，倪裳打算就此打住。她生活在工作是必需的这样一个生活的日程表里，工作开始的时候，烦恼也就止住了，哪里能够一心两用。

的确，这也是一种人生的样子。

对于倪裳来说，这正是在某一个阶段，她不得不面对的一种生活状态。

然而，当然，这个世界的确有各种各样的人生存在着。

倪裳的表弟打电话给她。

这个还在念大学的男孩子心情很好地告诉倪裳他们正在开派对，然后抱怨德州的无聊，笑嘻嘻地说，真是郁闷得不得了。

倪裳便问，打电话来有什么事？

他便说，我有个女朋友要到纽约来玩，麻烦你招待一下……就是能不能让她住你这儿。对啊，是学生嘛！所以说没有什么钱……拜托了，已经答应人家了。不好意思……就是来玩啊，哪儿都比德州好玩……你下次有朋友来德州，我帮你招待……是，是，德州是没有什么好玩的……知道，知道，你们不用我们小孩子招待……所以叫你招呼我的朋友啊……对了，别让我妈知道。

这就是倪裳认识小贝的起因了。

小贝果真来了。

小贝来的时候，身后还跟着一个高高大大、栗色头发的年轻男孩子，行李都由他提着。小贝介绍他的时候说，他是德州人。

他便笑着点头，脸就红了，像个正在长大过程中的男孩子，并不惹人讨厌。

倪裳躲在洗手间里给表弟打电话，说，这是什么意思？不是说是你的女朋友？怎么还带了别的男孩子？

表弟理所当然地说，我们已经分手了啊，是过去的女朋友了。她还带着别人？这我倒不知道了。没关系，我不在乎的。

倪裳懊恼地说，谁问你在不在乎！他们在我这儿，在乎的该是我！这算什么。也不说清楚。难不成两个人都要住在我这里？

表弟像听到什么好笑的事，在那端笑起来，说道，八成只有这样了。

你做事不能那么不负责任。

嘻嘻。责任啊？你说什么责任？那边只是笑着。

倪裳想，真是任性的孩子，全不替别人着想。这样的话却没有说出来。即使说出来也没有什么用处吧，会像投进池塘的石头，“噗”一声就没有踪影了。

倪裳从洗手间出来的时候，小贝和那个男孩子正坐在沙发里，挤在一处，一起翻着一份报纸，不知看到什么，咕咕地笑着，小贝的手因为兴奋乱拍着，拍在自己腿上，也拍到男孩子的身上。其实两人的动作幅度并不大，可是偏偏让人想起“笑得东倒西歪”这样的形容词来。

倪裳靠着墙站了一会儿，看着他们。他们那种亲密的姿势突然击中了她心中某个地方，使得她一时之间突然哑口无言。小贝的头发长而直，一直垂到腰间，远远看过去有种幼细的感觉，笼罩在沙发边上台灯的一圈光辉里，有种较弱的精灵就要出现的气息。于是，她那种与他相拥而坐，旁若无人的样子就变得像流水一样流畅，然而又光芒万丈，好像随时会噼噼啪啪放射出小小的火星，沾到皮肤就会有一点灼热的刺激和疼痛。

倪裳自然想起几年前自己的样子，在沉沉暗下来的屋子里，想给那时候的自己一个拥抱；同时，有一种好像丢失了什么东西的感觉忽然倾巢而出，仿佛终于让失落这回事变成事实，无可挽回。

她没有开灯，走过去，在他们对面坐下来。

她的公寓不大，是那种卧室客厅全部打通成一间的，像她这样刚刚起步的年轻白领有很多租住的都是这样格局的房子。

小贝抬头看她，嫣然而笑。倪裳便也笑了。德州男孩子也抬起头，一副听她们说话的表情。

倪裳问，在看什么？

小贝将报纸哗哗地翻到首页，说，是 ，放在这里，我们就拿来看了，不介意吧。很有趣的报纸。

倪裳没有想到这样的女孩子也会说客套的话，便也心平气和地回答，哪里。

小贝指指旁边的男孩子，接着说，刚才我告诉他你是戴维的表姐。他不相信，说你看上去比戴维还小，况且性格也不像。戴维说你已经是商学院毕业生了，在很大的公司做事，是不是？很了不起的。她侧头用很认真的表情对那男孩子说最后的那句话。

在旁人身上可能会显得有点肉麻的话和动作，却被她很流利自然地表达出来。倪裳说，外表是作不得准的，我是比你们大，这里，也比你们老了。

倪裳说这句话的时候指指自己的心口，然后，有点儿惊讶，自己也不知道为什么会这么说。

小贝说，看不见的东西我才不管呢。我只要像姐姐一样看上去年轻漂亮就可以了。

小贝真是个会说话的孩子。所以，她也摆出一副不容别人拒绝的表情和姿态来，扬扬得意，一个不小心，还是漏了出来。

倪裳看在眼里，终于扑哧一声笑了出来。她从没跟比自己小的人打过交道，在她的生活圈子当中她一向属于最小一辈的那拨人，当然事实总是会自己开口说话的，倪裳忽然有一种后来者居上的感觉。她想，原来，她后面的那一拨孩子，也已经长大了。

小贝兀自说，这就是格林威治村吗？原来是这样子的。我原来一直想象不出一个在曼哈顿被叫做村子的地方会是什么样的，原来也就是这样横的竖的街道的样子。她使劲地推推身边的德州男孩子，问，是不是，是不是？

倪裳觉得是言归正传的时候了，这个女孩子说话太有感染力，这样下去，话题不知会跑到哪里去，她于是就问，你们今晚打算怎么样？

小贝一怔，好像很意外一般，脸上的光彩有点阴晴不定，眼睛小扇子一样上下忽闪着，口气也有点期期艾艾，说，我们可以住在这里吗？戴维说了……

倪裳皱眉道，戴维也没说清楚。你们看这屋子，也不大，男孩子是绝对没有办法住下来的……

小贝与德州男孩子两个人你看我我看你，将所谓束手无策这样的表情表演得淋漓尽致。小贝改用中文说，可是，他在这里谁也不认识。他也是学生，这次旅行已经大大超过预算了，所以旅馆这回事不是不可以，只是……

倪裳于是只得说，这样吧，你住我这里。你的朋友可以去住旅馆，我请他住，钱的方面就不用担心了，不过是价格很便宜的旅馆，晚上睡一觉罢了，不会奢侈到哪里去。安全倒是可以放心，绝对没有问题的。

德州男孩子的脸立刻红了，待要说什么，小贝的手一下抓住他的手，紧紧握住，他终于也没有开口。

说是便宜，也要一百左右一个晚上。倪裳算了算，不过一个长周末，觉得在承受范围之内，便不打算多计较了。旅馆离她的公寓稍远，在接近东村的地方，小小一家，坐落在一条看上去有点光怪陆离的街口。办妥手续，倪裳突然想起什么，想问，又不知怎么开口，她不知道他们两人的关系到底如何，不知道这样的安排是不是妥当，这时，小贝在旁边很乖巧地说，我睡姐姐那里吧。

倪裳想，以那家旅馆来说，男孩子倒无所谓，的确不适合女孩子。于是就点头将这样的安排确定下来。

小贝问倪裳的时候有点感动的样子，她站在门口，等倪裳用钥匙开门，踌躇了一下，便问，倪姐姐，为什么对我那么好？

倪裳推开门，然后开灯，一怔，说，我也不知道。是答应了戴维的吧。

小贝静静地不说话。

倪裳逗她，问，不想你的那个小朋友？

他？小贝一下子变得很安静，语气却匆忙憧憬，她说，我们还不算是正式的男女朋友。

哦？倪裳一愣，想起他们在旅馆门口分手时的吻别，她不太记得清了，是亲在唇上，还是脸颊上，但是那有什么关系吗？

这时，小贝接着说，我们是跳舞的拍档。

跳舞？

对啊？我们都是主修舞蹈的，跳现代舞。

是吗？你不是跟戴维一个系的，学经济的不是？

哦，那个啊。的确也有修经济，我是修双学位的。你知道，为预防万一嘛！而且，她停一下，一副很镇定的样子，大概这个问题已经被问过无数次了，她说，我是考到奖学金才过来念大学的，用奖学金来修舞蹈，在很多人看来有点像不务正业，好像很浪费的样子，况且也是辛辛苦苦凭功课好坏考出来的奖学金，总要学点什么正经科目才好，而且，颁发奖学金的基金会也有一点规章制度。本来说用那笔钱，学什么都可以的，后来基金会还是对我说要再考虑考虑，因此，你知道，就变成现在这样了。

倪裳说，申请得到大学的奖学金真的是很了不起的。

想不到小贝也说，是，的确是。

她这样坦白，而且这样年轻，倪裳想，那就是所谓的可爱的前提了。

倪裳打开柜子的门，替小贝取出被子枕头来，她转身，小贝正趴在窗上看风景，鼻子紧贴着玻璃窗上。虽然谁也没有说话，但是一屋子的空气好像宛然流转，热闹起来。

倪裳将小贝的被子抖开，放到沙发上去。小贝突然说，其实，关于自己的理想的想法一直没有变。

啊？倪裳一愣。

就是关于舞蹈的理想啊。

倪裳的动作于是停顿在半空中，暂时地看上去像一个定格的样子。这时，小贝将她的脸从窗那边转回来，波光流转，手在两边长长地伸出去，宛然做出一个舞蹈的姿势，脖子也向后摆去，下颚微微地扬起。那床被子自倪裳的手中滑落，其实都是瞬间的动作，但是在倪裳的感觉里好像月明月灭那样经历了一遍前尘往事。

小贝接下来的问题，刚好切中要害，她问，倪姐姐，你的理想呢？

倪裳没有立刻回答，她想，自己不过是在将手中正在做的事情不断地继续下去而已，理想这回事，要怎么说呢？她想，真是个棘手的问题。

小贝却已经接下去说她自己的事，都说，搞舞蹈的话以后要穷死了，但是没办法啊，既然是想做的事，只有走一步算一步了。

倪裳想，这个小女孩真的给自己带来太大的压力了，有一种强烈的失去了什么的感觉再度回到她的胸腔来，如果膨胀，应该具有爆炸产生的那种杀伤力，形成也许只是自己才知道的内伤。每个人都有一本字典，在她的字典里，想做什么，与应该做什么都已经合成一体，并列成同一个解释了。而她生命的轨迹好像飞机一样，已经驶过一个临界点，过了这个点，开始的就已经开始了，只有继续地以高速飞驶下去了，没到目的地就没有办法停下来。而目的地也不在自己掌握之中，从某种程度上看，是由地面的雷达站控制着。不是这样吗？这样的念头真的没有办法一路想下去。

倪裳于是问，小贝，你们这次想去哪里玩？

小贝砰地跳到沙发上，抱过属于她的枕头，说，我们是来看舞蹈表演的，来看纽约的小剧场演出，顺便也约见几个舞蹈团的人，聊聊天，看看有没有希望之类的。

倪裳恍然想起来，好像这一周纽约的确有某个舞蹈节在进行着。

小贝说，没有错，就是这样。

小贝有点手舞足蹈，看情形好像很想要翻几个跟斗的样子。

晚上，小贝挑了几张唱片放，一面高兴地将她随身的衣服从行李袋里拿出来整理一遍。

她拿出一件色彩斑斓的条纹的毛衣给倪裳看，问好不好看，叫她猜是多少钱买来的。然后自己兴致勃勃地说，是从二手店买来的，只要两块钱。倪裳自己是不买这样的衣服的，她的衣服的价码只有高，没有低的，毕业工作以后一贯抱着这样顽强不妥协的态度，好像可以由此弥补一些失去的东西一般。可是细看那件衣服，也没有什么可以特别挑剔的，穿在身上，与所谓村子里的气氛倒是很搭调，她说，很波西米亚的感觉啊。

你也这样以为？小贝很开心，展开一个有蓬勃的生命力的笑容，好像根扎得深，所以枝叶也延伸得比较广、比较远一般。

清晨的时候，小贝一跃而起，这倒很像她的风格，德州的男孩子已经到楼下来接她了，倪裳有种错觉，觉得她是唱着歌走出去的，像卷起的一阵风，就这样跑出去了。

她走之后，倪裳拉起百叶窗帘，打开窗，很有戏剧性的，金色的阳光立刻一泻而入，充满哲理性一般地将每个角落填满。早晨的风有些凉爽。

天气很好，一天就这样开始了。

倪裳沿着街道慢慢走到快到西村的考奈里亚咖啡馆去，约好的朋友已经等在那里了，一个女孩子是她公司的同事，另外一个男孩子也算是同行，但在别的公司任职。好像不知从什么时候开始，认识的朋友都开始固定在某一个圈子里似的，说起工作方面的事来，立刻就可以有很多共同的语言。

他们坐在外面的桌子边上，倪裳点一份“农夫的早餐”，是煎蛋配上菠菜和培根，看上去相当健康的样子，以至于生活看上去仿佛也井井有条，中规中矩，不越雷池一步。

果然，男孩子开始说一桩他们公司新近承接的兼并案子，然后说起微软公司，那段时间市面上还被一种所谓“新经济”的说法激励着，二十世纪九十年代末，大家真的觉得只要愿意，路就在脚下一样，而且条条是康庄大道。男孩子说得很开心，有些话与其是说给别人听，不如是说给自己听的证据，说的多了，也就相信了，何况那时候说着这些话的人不止他一人，几乎可以说是整个时代的声音，高昂而且激动人心。

咖啡和茶被端上来的时候，街的对面渐渐聚集了一群人，站在一起，好像一个团队，整齐划一地朝他们这边望过来。有一个胖胖的中年女子，背着一只大袋子，站在那一群人前面，双手举起来，在半空中比画舞蹈着，仿佛在讲解什么的样子。

倪裳和她的朋友将脸转过去看他们，男孩子的视线也随着她们转过去，然后自己的话题戛然而止，他诧异地问，这是怎么一回事？

倪裳解释，是漫步旅行团吧，在一个地方集合，然后跟着导游走来走去看所谓的名胜古迹。

男孩子说，这里哪有什么名胜古迹？

倪裳侧过身子，指指餐馆门上面“考奈里亚”几个字，说，就是这里了。也算是相当有名气的一家餐馆，这团人想必是在看格林威治村附近的出色的餐馆，光是这条街上就有好几家。

然后呢？

然后？

看这些餐馆有什么意思，难道接下来，每天一家家去品尝不成？

大概会选几家去看看吧。

真是做什么事的人都有！男孩子发出这样的置评，好像他有把时间花在更好的地方的方法。

三个人一时不说话，手里的茶匙在茶杯里发出叮叮的声音。男孩子叫了香槟，将剩下的半杯一饮而尽。当然，早餐配香槟也是可以的，但倪裳却一时觉得有点儿不耐烦，不知道他为什么要点香槟，不过是一顿普通的早餐而已。

倪裳的朋友，叫做小荔的女孩子忽然说，难得的是，经历了这么多年还存在的东西。

什么？其他两个人都表现出寂静被打破时候的愕然，看着她。

小荔说，打个比方而已，这里的餐馆都有好些年了，被写进一九七〇年代或者一九八〇年代的书里，当然也许更早，然后，到了现在，来看看，都还在，这样的感觉不是很好吗？

男孩子似乎没有明白，脱口说出可是新的东西不断地出现这样的话来。

寂静又有回来的迹象。

倪裳于是说，这几天，我碰见这样的一个女孩子，叫做小贝，喜欢舞蹈，说要以舞蹈作为今后的事业，还是大学生，修双学位，经济和舞蹈。

小荔问，家境很好的女孩子？

恐怕不是。

男孩子立刻说，经济！念经济！没什么话说！

倪裳与小荔相视而笑，说，话是这么说。我们这样的人恐怕真的像你说的那样，选择的东西八九不离十就是那样子，真是没有话讲。

男孩子说，现在的这些孩子口气都大得很，我是不太懂得他们了。

倪裳望着他笑，他忽然意识到自己太过老气横秋了，心里好像咯噔一下，变得自己也不可捉摸起来。

小荔双手支起下颌，口气像在说一件远距离、不太相干的事，说，这让我想起自己念大学的时候，也有很多以为有很大的可能性可以全部实现的梦想。

男孩子插嘴说，你的梦想没有实现，所以你觉得她的梦想也不可能实现，对不对！他用的不是询问，而是作出结论的口气。

小荔辩解，说，谁说我没有实现梦想？口气却不是斩钉截铁的，到此为止，三个人才出现某种心领神会的笑容，而话题刚刚开始就打住了。

倪裳去洗手间的时候，男孩子讪讪地问小荔，倪裳到底有没有男朋友？

小荔笑笑，对面餐馆的玻璃窗放射了阳光，刚好在那一瞬间射到她眼睛里去，她便用手挡了挡射过来的光线，将头偏开去，同时回答说，你指的那种男朋友现在恐怕没有吧。

稍后，小荔对倪裳说，他恐怕会约会你。

是么？

会跟他出去？

你说吃饭什么的？无所谓吧。

小荔偏过头去看她，总觉得她的神色里有点过去遗留下来的什么东西。有一次，她偶尔看见倪裳与一个男孩子的合影，从一本书里掉出来，她又把它放回去，没有细看，但是先入为主的印象却留下来了，当然，想必过去的故事要细究起来谁都有一两件。

小贝邀请倪裳跟他们一起去看一场表演，是在晚上十一点，在一家小教堂里。小贝说，是免费的啊。演出是谁谁谁，应该很有水准的。去吧。

倪裳就想，索性去看一看。

教堂在东村。

他们三个人走在一起，德州男孩子照例很少说话，身材颀长的他看上去走路的姿势里也有一种男孩子的韵律。小贝则唧唧聒聒地说着这一天的流水账。他们走过一盏盏路灯，影子被拉长，又缩小，然后再被拉长。将近午夜的东村看上去好像刚醒不久的样子，没有什么拘束地热闹着，好像打算传递着什么信息一样人来人往地忙着。

小贝不停地揉鼻尖，于是鼻尖变得有点红。她东张西望，看上去像一头好奇的鹿，却又不是头温顺的鹿，有一副雄赳赳气昂昂的姿态。这样好的精力不知道是从哪里来的。

教堂外面有个小花园，暗魆魆地立着几棵大树和一些石像，一副沉默不语的样子。室内做礼拜的长条椅子被搬走了，留下中间的空地。鱼贯而入的观众在四周拣位子坐下，有的坐在两边梯形的台子上，或者拣一个垫子席地而坐，渐渐围成一圈。场地不大，看来会是近距离的视觉享受。有人遇见朋友了，于是起立，打招呼，拥抱，互亲脸颊，说彼此的气色好，穿的衣服特别。当然来这里看演出，没有穿得很正式的人，打扮都很随意，但是用“特别”这个词来形容倒很恰当。大多数人好像贴着一望而可知的“搞艺术的”这样的标签，总之，波西米亚的味道相当强烈。

接下来，跟所有的演出一样，灯光暗下来，音乐响起来。舞者出现，灯光追着他们的影子。舞，舞，舞，姿态轻巧随意地将其实付出过很多汗水练习的动作表现出来，即使是极高难度的动作，看上去也像行云流水一样举手就可以完成。室内比较暗了，因为外边有路灯，将教堂的彩色玻璃窗照得清清楚楚。舞者几乎就在面前，距离近的时候就看得见他们脸上的汗珠。渐渐就感觉到好像灵魂被开了一扇窗子一样，天地清清朗朗的，很值得高歌一曲那种样子。

小贝坐在他们中间，但身子朝那男孩子倚过去，男孩子伸出手臂环住她，两个人很小声地不知讨论着什么，偶尔看见她的手指追着舞者的身影指点着。周围的人对她很容忍似的，在该拍手的时候拍手，没有人要叫他们停止说话的样子。

表演结束之后，跳舞的女孩子回到场地中央来，还有汗珠，且喘着气，谢幕之后说，讨论会在隔壁的房间进行。

所谓讨论会是很轻松的座谈会，以倪裳现在的标准来说，讨论的问题都不是具有很高的效率化的东西，如果这样的讨论方式被拿到公司会议室去，想必最终什么事情也解决不了。

真是不同的世界有不同的规则。

有时候，有些事并不是专门要为了什么样的目的才发生的吧。

倪裳这样想。

小贝说，我有七个兄弟姐妹。

语气平淡，但是好像是一个故事的开端，充满伏笔。

回来之后，两个人都不太想睡觉，其实是已经过了凌晨一两点。小贝说，不如泡茶喝。

倪裳说，我倒有你们那边出产的高山茶。只不过劲道大了点，怕你喝了就睡不着。

小贝指指自己的脑门说，睡不睡得着完全是这里的问题。她说她从来不会因为任何事睡不着，然后用了得天独厚这个词，自己吃吃地笑起来。

倪裳泡茶的时候，小贝就开口说上面的那句话，我有七个兄弟姐妹。

那么多？

是啊。有的是同父异母，有的是同母异父，有的什么也不是就也变成兄弟姐妹了。非常的复杂。她说话的样子有点轻描淡写，好像包含着一种得意一样，仿佛要说，看，纵使如此，我还不是这样快乐地长大了。

倪裳正把茶叶放到茶壶里去，手一抖，量放得偏多，只好又拿出来一些。

小贝问，你呢？

我？你是说兄弟姐妹？没有，我们家就只有我一个孩子。

是因为你们的政策的关系吗？

恐怕是有这样的原因。

哦，这样就没话好说了。但是七八个兄弟姐妹也太多了一点，什么东西都要讲怎么才能够分配得均匀。考上大学，离开家，想这可好了，但是却开始很想念他们来。我母亲叫我走得越远越好，她也没想到我居然跑到美国来了。我的母亲，她是个生命力很强的女人，你相不相信？

倪裳说，当然！

小贝盘膝坐在沙发上，笑盈盈地说，你一定在想，我跟我母亲一定很像，是不是？

倪裳问，怎么说？

很多人都说我跟我的母亲很像，有的是赞扬，有的不是。小贝拉过一张毯子裹在身上，口气很不在乎的样子。长头发七盘八绕束在脑后，脸是稚气的，口气是倔犟的。倪裳想，有一种所谓的魅力就是因为这样的顽强滋生的吧。不知道为什么，关于“顽强”这个词的音节，变得像一阵密集的雨一样，在她想象的空间里，扑啦啦地落下来，像春风化雨一样，钻入土壤，好像要在她的印象中永远地留下来。

小贝突然问，觉得德州男孩子怎么样？口气与任何一个普通的小女孩子没有什么两样，她兴致勃勃地问，他跳舞跳得很不错的。

倪裳说，看上去很害羞。

害羞？才不呢！不过你说得也对，很老实的小城的美国男孩子。不过，可惜，他以后大约不会选跳舞这一行。

怎么？

就是这样。很简单，比较实际的考虑啊，又是男孩子，所以……不像我，我比较任性。

是这样啊？那么，是怎么认识戴维的？

你表弟啊？很可爱的男孩子，不过……

不过怎么？

太无忧无虑的一个人。一点儿挫折也没有经历过。

倪裳不由得笑出来，你说得对。家里一个孩子嘛！小皇帝一样地长大，家里条件又好。

小贝笑起来，愈笑眼睛却愈显得大。完全是一副了解却不打算做什么的表情。

小贝喝过茶，觉得好，问是从哪里得来的。

倪裳说是朋友送的。

台湾人？

不是，是个美国人。

倒是很懂行的样子，茶叶不错。

他对这些感兴趣。

因为你的缘故？

这倒不是，在我之前就如此了。

哈！这下被我知道了，一定是男朋友，是不是？

倪裳一怔。小贝果然有些古灵精怪，当然，也不是真的是完全属于禁区的话题，但是果真要说，却又没有什么可以提起来的，属于过去的疼痛过的部分已经被小心地掩盖起来。何况，这样的事情，这样的过程有些疼痛是难免的吧，没有什么是可以拿出来告诉别人的。

倪裳自己将一杯茶喝下去，她跟小贝不一样，喝了过量的茶，就会睡不着觉。

小贝跳起来，去将音响打开。

回来的时候，已经换了一个话题。

音乐隔了几秒才响起来，是Paul Anka的“You Are My Destiny”（你是我的目的地），一字一顿地被唱出来，像锤子一样，一下下在空气中敲击着。

两个人都一愣，没有想到是这支歌，结果反而笑了出来。

然后，小贝就挥挥手走了。

走的时候，包里鼓囊囊地塞着不知道从哪里拿来的大堆的资料。

倪裳和德州男孩子站在她边上看她兴致勃勃地将大堆东西变魔术一样塞进她的行李包里去，动作像舞蹈一样。

然后，倪裳看他们两个人回复到几天前来时的样子，德州男孩子背着行李，小贝拉着他的胳膊，即使静立着，也是一副看上去要蹦蹦跳跳的样子。

她看他们走过街边的咖啡馆，修钟表的小店，一家中古唱片行，然后在街角杂货店的地方，小贝停下来，弯腰拿了一份报纸，夹在胳膊下面。远远看过去，那份方正的报纸厚厚一叠，拿起来的时候，前面的几页飞起来，在瞬间做出翩然的样了。

倪裳这时想到蝴蝶这个词语来。

他们已经消失在街角了。

他们带走的那份报纸想必是《村声》。

街上，人来人往。

接下来，天气热起来，好像到了所有的能量释放的时候，人们的精力也像热辣辣的阳光，照到哪里，便有一派热闹景象。

倪裳就在这样的时候得到升迁的通知，在意料之中到来，好像那是升迁的季节一样，大多数人都可以接到好的消息。主管跟她谈话的时候先说了千篇一律公司的好形势的话题，大有一荣俱荣那样的意思。倪裳笑着言谢，侧头之间瞥见窗外。公司的楼层高，看不见街道，视野之内不过是一排一排的楼房。

天空是蓝的，云是白的，但是一只鸟也没有，想必是在另外有水有树有山的地方翱翔着。居然有另外一种世界的样子存在着。倪裳有很清晰的感觉，觉得自己在这边的世界里沉溺下来了，这边是这边，那边是那边。界线是透明的，却不可能逾越。有点迷惘，但是因为有欢喜支撑着，这点迷惘就变成人生中极不起眼的一个逐渐缩小的黑点。

倪裳坐下来，吸一口气，发现自己比预料中的要高兴。升职，涨工资，领奖金居然可以成为一种很切实的快乐，即使要仔细辨认，也还没有太大的倦意。隐隐约约的，她觉得某种东西像不良嗜好一样，无形中膨胀，将会变得欲罢不能。说不清楚是什么，但是那一瞬间的快乐是真的。

什么是真的，什么是假的，其实也没有什么界线。

不管怎么说，关于升迁那回事，正是来得及时。

倪裳喝了一点红酒，对小荔说，那个女孩子，那个叫小贝的女孩子，你还记得吧，就是那个想要跳舞的女孩子。

小荔说，对，你说起过。

那天，我们说起跳舞这回事，我对她说，是啊，做哪一行都有最顶尖的人。有一个目标，不断地努力就对了，总会做到最好的。你猜她怎么说？

小荔说，别人的想法我怎么猜得到？

她说她只是喜欢那一行，所以想要做那一行，做不做得到最好她可全不在意，只要能够开始做，或者在做着，她就很满意了。

小荔说，说得也有道理。但是，这想必不符合你的逻辑，多想做什么呢？好比是与你无关的人生一样。

所谓人生这回事，真的很有意思，你不觉得吗？

当然，怎么不觉得？

那是二〇〇〇年的夏天，云淡风也轻的一个晚上。

小荔忽然推推倪裳，叫她看明星。倪裳有一点点的微醺的意思，抬起头问，是谁？在哪里？

小荔看到的是 Jessica Parker ，是主演当红电视剧《Sex and City》的女主角，长卷发，穿着化妆就跟电视里一样精致，即使远远看过去也这样，在幽暗的灯光下也戴着墨镜，被引到靠里边有高背沙发的位置去。有别人也发现了，转头看她，然后继续自己的谈话。电视剧是讲四个纽约未婚女子的故事，流水账一样的人生，有点前卫，而且高调张扬，可是相当受欢迎，好的口碑像风一样被传得飞快，几乎被人奉为都市女子的宝典。她的照片被印在纽约的巴士上成日招摇而过，这样的人想不被认出来也难。

但是，小荔说，听说她本人一再地申明她个人的人生不是那个样子的，电视剧当中那些前卫而且赤裸裸的话在现实生活中她并说不出口来。

这就是所谓的生活的真实了。

倪裳哦了一声，忽然觉得头有点胀，再不能填入别的想法了。

这一天，看来是到了要结束的时候了。

手伸出去，就被握住。

天空是玫瑰色的。

空气清新没有压迫感。

她唱起歌来，就有人应和。

风传过来，好像每个人都在说嘉年华，嘉年华这几个字。

有人将水递上来，饮下去，就好像立刻扩散到身上的每一个细胞。

然后，就有蝴蝶飞走，不知道那是什么方向，但她知道是与她相反的方向。

落英缤纷，是到了一个季节变换的时候，是不是这样呢？

这是倪裳的梦境。

醒过来的时候，她觉得好像出过一身汗，想回到某一个地方去，却不知道是哪里。在那样的梦境里如何会出汗呢？真是不可思议。

简单的早餐，牛奶，麦片，一个苹果，好像营养非常均衡的样子。

将牛奶放回到冰箱里去，冰箱的门无声地合上。她的手还停留在把手上，把手摸上去有点粗糙，是很有实质感的触觉，握住，就可以牢牢抓紧，不会轻易地滑落，牢牢地握住。

对，握手。

然后，好像有叹气的声音一样，没有什么先兆的，那个——男孩子的样子，像一阵雾一样，在早晨的空气里散开来。

虽然是过去的事，但是在回忆里一定会回来的吧，在梦境里留下线索，因为本身也已经像梦一样了。像雾起雾落一样。倪裳开始等待这种惆怅散去。

或者也有别的原因，那就是所谓的征兆这回事。

所以当男孩子打电话来的时候，倪裳吓了一跳，好像心事被看穿一样，要从椅子上弹起来，然后背重重撞到后面椅子的皮背上去。因为在办公室，她刻意地控制自己说话的声音，然后总觉得从身体深处某个地方发出来的声音好像更大。

他们约了吃饭。倪裳挑的地方，在村子里，看上去像法国南部乡村的小餐馆。倪裳先到，坐在灯和蜡烛忽闪的光线下，音乐细若无声，但在无声的尽头的时候又陡然高昂，然后又变得像一根抓不住的线。

矮矮的天花板，交叉着看得到原木的脊梁。白色的桌布，白色的餐巾，亮锃锃的餐具，一点儿灰尘也没有的玻璃酒杯，有点隐蔽的华丽。

心跳，一下，一下的。

男孩子出现的时候，门打开，衬衫，卡其裤，有点高大，屋子中哗然一亮，几秒之间，又恢复正常。空气也在那时候沉淀。好像某种化学变化一样，倪裳忽然觉得自己像破壁而出一样，从周围一片迷濛濛的光线中穿越而过，自己的存在变得清晰而可以触摸。好像什么东西，突然戛然而止，梦境消失，又回到人间来。

就在那时候，有什么关于过去，或者现在的区域之间被画上了一条界线。

界线这种东西总是无时无刻地存在着的。

倪裳微笑着。

男孩子也一样。

那么长的时间过去了。倪裳和男孩子都这样想。

男孩子自他们公司北京的分部回纽约办事。

倪裳问，都好？

很久不见。

是。

很不错的餐厅。

是。

想不到你真的到纽约来了，我反而又到北京去了。

什么时候回来？

快了，公司叫我回来。

到纽约？

也许。可能去西部。

都一样。

是啊。

气氛温柔，两个人都有点无奈的样子，一种很温柔的无奈的感觉让两个人彼此注视着，在旁人看来，就像是情侣的样子。

男孩子叫了一瓶红酒，说，难得又能见面了，庆祝一下。

倪裳的睫毛闪动着，并不想流泪，但是心中像流过眼泪之后那样异常柔软。她想说，庆祝一切都过去了吗？是这样吗？

酒是深色的，在阴影里看上去，深而不可测，让人想到壮烈这个词来。

倪裳于是没有开口。

可是，何来战争，哪里有壮烈这个说法呢？

倪裳问，工作很忙？

忙得一塌糊涂啊！

唯有这，还是两个人的共同点。

另外，共有的想必就是往事了。

主菜之后就是甜点啊。倪裳无可奈何地想，时间不察觉地走过去。

小餐馆的玻璃门被别人推开，然后关上。门上贴着纽约杂志推荐文章的影印件，还有出名的饮食评级机构的评分。隔着玻璃，有人正打量着这些彩页，然后，也推门进来。

那是一对三十岁左右的男女，穿着有点隆重，不知道是从什么正式的场合出来，还是将要去参加什么派对。他们坐下来，看菜单，然后低声讨论着什么。

谁说不是花好月圆的好辰光呢？

将近午夜了。

男孩子送倪裳到楼下，没有上去。他们相拥吻别，好像电影结尾的地方中常见的完美的姿势，标志一个结局已经书写完毕了。

格林威治村依旧轰轰然地热闹着。

倪裳推开窗，外面的热闹都进来了。但是，街上走着的都是陌生人。

倪裳想，生活，就这样进行下去了。

没有什么真的大的悲伤。因为明天还会来临，就像日升日落一样。

何况，她也并非真的全无目的地生活着吧。

这就是现阶段的人生。

获奖感言

悦阅

接到得奖的电话是在中秋过后的一个晚上，月亮仍旧是圆的。写了一个想写的故事，得到肯定，觉得受到很大的鼓励。

我想《太平盛世》是一组关于成长的故事。

我和我的朋友们出生的年代，大约有很多人会长舒一口气，觉得这代人恐怕不必再经历什么苦难了。的确，我们的成长是一个目睹物质日益丰富的过程，身边充满了各种各样的变化。当然，世界并非百分之百的太平，可是因为年少或距离，那些远方的事终归显得有些抽象，好像永远只会停留在千里之外，而我们关注的是身边的乐园。从某种程度上说，我们一直对这个乐园抱着很大的信心。

到了二十世纪末的时候，我们觉得仿佛看见太平盛世的景象，一切丰盈美好，驾轻就熟，有努力就有收获，有各种各样的机会可以让我们在远方飞翔。另一个世纪就在这样的气氛中开始了，有人说那是一页崭新的历史。但后来，在这新的一页上发生的事却叫人心痛和震惊了，人们蓦然意识到这个新开始也许并不比上一个世纪的更加容易，而历史会否不断地重复自己，这真的是一个很大的疑问。那是二〇〇一年九月，“距离”不再是一个不关心的借口，而许多的人都对生命，对文明作了一点严肃的思考。

可是，太平盛世终究还是我们的愿望吧。不管发生了什么样的事，生活还是会继续下去，而要过怎样的生活，希望我们还有选择的权力。

这，就是写《太平盛世》这个念头的由来。